Berthold Auerbach

Unterwegs

kleine Geschichten und Lustspiele

Berthold Auerbach

Unterwegs
kleine Geschichten und Lustspiele

ISBN/EAN: 9783743380349

Hergestellt in Europa, USA, Kanada, Australien, Japan

Cover: Foto ©Andreas Hilbeck / pixelio.de

Manufactured and distributed by brebook publishing software (www.brebook.com)

Berthold Auerbach

Unterwegs

Unterwegs.

Kleine Geschichten und Lustspiele

von

Berthold Auerbach.

Berlin.

Verlag von Gebrüder Paetel.

1879.

Unterwegs,

zu umfassenderen Zielen auf meinem Berufsgange, hat sich
mir Mancherlei geboten und gebildet, das ich nun hier zu-
sammenstelle mit der Hoffnung, es werde auch Anderen den
Weg zu ihrem Ziele beleben.

Berlin, 28. Mai 1879.

E. A.

Inhalt.

~~~~~

Kleine Geschichten.

Lustspiele.

~~~~~

Kleine Geschichten.

Adam und Eva

auf dem landwirthschaftlichen Fest.

———

Auerbach, Unterwegs.

Gerade schön war er nicht. Wer wird aber auch von einem Manne in seinen Jahren Schönheit verlangen? Es paßt sich gut, daß mit dem grauen Müllerrock der graue Bart zusammenstimmt, der das Gesicht einrahmt; man könnte fast glauben, im Barte säße nur Mehlstaub; denn die Backen waren so roth und die Augen so glänzend, vielleicht auch nur heute. Es ist nicht daneben gerathen, wenn man ihm sein halb Jahrhundert zutraut; es läßt sich leicht ausrechnen: nach sechs Jahren Soldatendienst neunzehn Jahre drei Monate als Müllerknecht; es stimmt ziemlich. So er.

Und sie? Sie war auch nicht schön, aber hochgewachsen und werkhaft; sie sah nicht gutmüthig aus, eher hart, aber sie sah nicht viel um nach ihren Nebenmenschen; sie verlangte auch nicht, daß man sich nach ihr umsehe. Sie trug die Haube nach der Tracht des Thales da drüben; denn der Amtsbezirk umschließt mehrere Thäler, und — —

Ja, es wird doch nöthig sein, daß gesagt wird, wie die Beiden dahergekommen, und dazu noch mitten in der Woche im Sonntagsstaat.

1*

Vom Stadtkirchthurm flattern Fahnen; auch aus den Häusern hängen Fahnen, jetzt eben knallen Böller vom Berge hinter der Stadt, man hört eine Fanfare von Trompeten, gemischt mit Klarinettentrillern, und dann mächtiges Hochrufen. In der Amtsstadt wurde das landwirthschaftliche Fest gefeiert. Der dafür bestimmte Herbsttag war hell und klar, die ausgestellten Feldfrüchte in schöner Wohlordnung boten einen erfreulichen Anblick, die Pferde, Ochsen, Kühe und Rinder waren sauber und hielten den prüfenden Blicken der Preisrichter ruhig Stand; nur wenn ihnen das Maul aufgerissen wurde, um nach dem Alter zu schauen, wehrten sie sich. Im Hofe des Rathhauses wurden die neuen und verbesserten Ackerwerkzeuge gemustert, die heute zur Verloosung und damit zu allgemeiner Verbreitung kommen. Auch die Dienstboten waren da, die heute für lange treue Dienste Preise erhalten sollten.

Trotz alledem hatte das Fest noch etwas Ungewohntes, Eingesetztes, denn daneben ging der Werkeltag fort. Wer weiß, wie lange Zeit ein Fest bedarf, um eine höhere Weihe zu erhalten, und nun gar ein Fest, das die Weihe der Arbeit zum Ziele hat.

Der Kreisamtmann ist glücklich. Er hat seine Rede auf den Landesvater und die Landesmutter ganz ohne Stottern herausgebracht, und es muß wahr sein, was er mehrmals wiederholte, er hat aus den Herzen aller Anwesenden gesprochen; denn der dreimalige Hochruf war überaus mächtig.

Vor dem Festmahle der Herren — und zu den Herren gehörten auch die Bauern, die Mitglieder des landwirthschaftlichen Vereins — war noch ein anderes Fest gewesen. Die auserlesenen Dienstboten aus dem Bezirk hatten ihre Preise bekommen. Nachdem die Namen der Preisgekrönten aufgerufen, Ehrenbriefe und Gaben vertheilt waren, wurde für die Dienstboten ein besonderes Mahl hergerichtet. Es ging aber nicht besonders lustig dabei her; denn die Preisgekrönten waren nicht nur einander fremd, sondern neidisch. Es war nur gut, daß sie alle ein Stichblatt hatten. Der Knecht des Hammermüllers vom diesseitigen Thale, Adam Mäule mit Namen, und die Magd des Eichhofbauern vom Thale drüben, Eva Schlenkin benannt, dienten beide neunzehn Jahre bei ihren Meistern, Adam hatte noch drei Monate drüber. Nur als die Namen verlesen wurden dort im Rathhaussaal vom Kreisamtmann mit dem großen Orden, lachte der Kreisamtmann über den seltsamen Zufall, daß diese beiden just Adam und Eva hießen, und die ganze Versammlung lachte.

Die beiden Preisgekrönten lachten aber nicht; sie sahen sehr unwillig vor sich nieder und dann fast grimmig auf einander; denn Jedes dachte bei sich: Du, du hättest auch wohl anders heißen können.

Der Kreisamtmann hielt eine lange Rede über die Verschlechterung der Dienstboten, über den Mangel an Anhänglichkeit, über die gesteigerten Ansprüche und die Sucht in der Stadt zu dienen, und besonders über den

Andrang nach den Fabriken. Er machte es fast wie die Pfarrer, die den versammelten Kirchgängern Strafreden über die Unkirchlichen halten, die die Kirche nicht besuchen und also nicht da sind, um die Strafpredigt zu hören.

Das Beste an der besten Rede ist, daß sie ein Ende hat, und so war's auch mit dieser, die indeß der anwesende Ministerialbevollmächtigte sehr lobte.

Adam und Eva saßen als die Aeltesten bei Tisch obenan auf dem Ehrenplatz neben einander. Adam rückte sich auf seinem Stuhle nochmals behaglich zurecht, wischte sich mit seiner breiten harten Hand über den Mund, das sollte wol heißen: es kann losgehen, ich bin bereit. Er nahm vom Aufgetragenen sofort Erkleckliches heraus, er wollte seiner Nachbarin Muth machen. Diese aber dachte: just der Manierlichste ist der nicht. Um ihm Lebensart zu lehren, schöpfte Eva zuerst ihrem Nachbar auf der andern Seite heraus, dann erst nahm sie sich selber ihr Theil. Adam und Eva brachten bei Tisch kein Wort über die Lippen, aber desto mehr Speise und Trank. Ein jedes begann zuerst im Zorn zu essen; aber im Verlauf der Mahlzeit schmeckte es ganz gut: ich werde nicht so dumm sein, mir nicht herauszunehmen, so viel ich mag — bekundeten die tief einstechenden Gabeln.

Der Kameralverwalter, der sich zum Dienstbotenmahl eingefunden hatte, brachte ein Hoch auf den Landesvater aus, und die Männer und die Frauen waren glücklich, einmal recht laut schreien zu können.

Aus Allen heraus hörte man aber, daß Adam nicht
„hoch!" schrie, sondern „hurrah!" und als Alles wieder
still war, hörte man ihn zu seinem Nachbar sagen: ich
habe sechs Jahre treu gedient, ich habe meinen ehren=
vollen Abschied. — Er wollte offenbar damit erklären,
ein Soldat schreit nicht hoch, sondern „hurrah!"

Auch die Musik hatte aufgespielt beim Festmahl
der Dienstboten. Und als diese aufstanden, meinten
sie nicht anders, als jetzt gehe der Tanz los, ein Jedes
putzte und streichelte an sich herum und hielt sich gefaßt.
Aber die Festordnung hatte bestimmt, daß nunmehr die
Musik beim Vereinsmahl aufspiele. So zerstreuten sich
denn die Preisgekrönten. Die meisten gingen nach dem
Bahnhof. Denn die so abseits da draußen wohnen,
können sich nicht satt sehen am Getriebe auf den Bahn=
höfen, und daneben trifft man da auch Leute und kann
sich gratuliren lassen zum Ehrenpreis.

.Adam sah, wie Eva in einen Kaufladen ging.
Die Thürklingel schellte fort und fort und so eindring=
lich, wie wenn sie ihn rufe. Er ging auch hinein.
Man kann ja auch Cigarren im Laden haben. Er
kaufte sich Cigarren, Eva ein roth= und gelbgestreiftes
seidenes Tüchelchen mit Fransen daran. Als sie handels=
eins geworden — denn sie that's nicht anders, dreißig
Pfennig weniger als gefordert, mußte man nehmen,
so sehr auch die Frau des Kaufmanns behauptete, daß
sie feste Preise hätten — da that Adam ein Großes,
er ging auf die andere Seite des Ladentisches und sagte:

„Das Tüchlein bezahle ich."

Eva sah ihn groß an und sagte:

„Ich wüßte nicht warum. Was ich haben will, kann ich selber bezahlen."

„Soll ich's einwickeln?" fragte die Kaufmannsfrau.

„Nein, ich zieh's gleich an."

„Drin in der Stube," sagte die Frau lächelnd, „ist ein Spiegel."

Eva ging hinein, und Adam verließ den Kauf=laden, ohne sich eine Cigarre anzustecken, obgleich ihm Feuer angeboten wurde. Denn es muß gesagt werden, er konnte gar nicht rauchen. Er wartete eine Weile auf der Straße, und da traf er einen Bekannten, der es treu mit ihm meinte. Er grüßte laut, er sprang an Adam empor, konnte ihn aber nicht umarmen. Adam sagte abwehrend:

„Schon gut, schon gut, Melac. Bist also nicht beim Meister geblieben? Oder haben sie Dich fortgejagt? Geschieht Dir recht. Wärst Du bei mir blieben, ich hätte Dir Essen genug geben können."

Der Hund leckte mit der Zunge die Lefzen und schüttelte voll Reue den Kopf, wie wenn er die Rede von den entgangenen Leckerbissen Wort für Wort ver=standen hätte.

Jetzt klingelte die Schelle wieder, die Ladenthür öffnete sich, Eva kam heraus. Das Tüchlein stand ihr ganz gut. Sie schaute rechts und links und als sie Adam stadtwärts gekehrt sah, ging sie just zur Stadt

hinaus. Sie spürte es aber doch gewiß, daß er ihr
nachschaute. Der große, grau und schwarz gestriemte
Melac schien den Blick seines Herrn zu verstehen, er
lief Eva nach und bellte; offenbar sagte er: o dumm,
dumm! was bist Du so bös? unser Knecht ist die beste
Seele von der Welt, Du bist gar nicht werth, daß er
nach Dir umschaut, Du, Du, dumm, dumm!

Sie schien aber weder den Hund noch seinen Herrn
werth zu halten, nach ihnen umzuschauen. Adam dachte:
das muß ein festes, bestandenes Frauenzimmer sein, das
sich nicht umwendet und sich nichts drum kümmert,
wenn es der Hund anbellt, und so wie wenn gar nichts
wäre, ruhig seines Weges weitergeht.

Er nahm sich indeß vor, es ihr gleich zu thun.
Was geht ihn die alte hochbeinige Müllersmagd von
drüben an, die nicht einmal ich dank sagt, wenn man
ihr was schenken will?

Er pfiff seinem Hunde und rief: „Melac, zurück!"

Er hatte eine mächtige Stimme, die einem Be=
fehlshaber wohl angestanden hätte; er wandte sich und
ging nach der Stadt. Plötzlich aber, wie angerufen,
machte er Kehrt und ging auch hinaus nach der Land=
straße. Er sah von ferne das roth und gelbe Halstuch.
Sie hatte es abgethan, sie trug es in der Hand, und
es flatterte, wie wenn es winken wollte. Aber jetzt
war Magd und Halstuch plötzlich vom Wege ver=
schwunden. Er ging weiter. Da saß sie am Wegrain
unter einem Apfelbaum, der reiche, rothwangige Früchte

trug. Adam ging vorüber. Aber kaum war er drei
Schritte an ihr vorbei, da hörte er einen Apfel vom
Baume fallen. Er drehte sich um, er sah den Apfel
durch das Gras nach dem Rain hinunter kollern, und
er sagte:

„Soll ich Dir den Apfel bringen?"

„Laß ihn nur liegen; was selber abfällt, ist
wurmäsig."

„Meinst vielleicht, ich sei auch wurmäsig?"

„Das hab' ich nicht gesagt. Der Mensch ist kein Apfel."

„Ist's erlaubt, daß ich mich zu Dir setze?"

„Der Platz ist frei und breit."

Er setzte sich zu ihr und Melac legte sich vor ihnen
beiden nieder und schaute verwundert auf seinen Herrn.
So hatte er ihn wol noch nie gesehen. Aber er schien
sich nicht lange Gedanken zu machen, denn nach einem
kurzen bedeutsamen Blick legte er den Kopf zwischen
beide Vorderpfoten und schloß die Augen. Er ist gar
nicht neugierig, was die Beiden mit einander vorhaben.

„Hast Du was in der Lotterie gewonnen?" fragte
Adam.

„Nein. Und Du?"

„Auch nicht."

„Hast Du ein Loos gehabt?"

„Nein."

„Ich auch nicht."

Die Beiden lachten, und Lachen ist immer gut,
auch unter alten Dienstboten.

„Ist Dir's recht, wenn ich ein wenig dableibe?" begann Adam wieder.

„Es ist mir eins. Wir sind hier beide fremd, und ich habe mich überhaupt vor Niemand zu verantworten, als vor mir."

„Hast Du noch Eltern?"

„Nein."

„Ich hab' mir siebenhundert Gulden erspart."

„Ist ein schönes Geld," erwiederte sie.

„Hast Du Kletten an Dir?" fragte er.

„Was meinst Du?"

„Hast Du Blutsauger?"

„Du fragst närrisch."

„Ich mein', hast Du Anverwandte, Leute, die Dir Deinen Verdienst abluxen?"

„Nein."

„So hast Du's auch auf der Sparkasse?"

„Du kannst viel fragen!"

„Was Du mir nicht sagen willst, dazu kann Dich Niemand zwingen."

Sie lachte laut, es war kein gutmüthiges Lachen, im Gegentheil, aber aus dem Lachen heraus sagte sie:

„Es ist fast zum verwundern, Du hast sieben= hundert Gulden, und ich habe auch siebenhundert Gulden; ich heiße Eva und Du heißt Adam."

Der Hund erwachte, da der Name Adam genannt wurde, und bellte laut. Das war zu rechter Zeit ge= bellt; denn Adam hätte nicht gewußt, was er weiter sagen sollte; oder auch vielleicht fürchtete er sich vor dem, was er sagen wollte. Während er den Hund beruhigte, gewann er auch selber wieder Ruhe und er begann:

„Die Leute sagen, ich sei keiner von den Gescheidtesten; es muß wahr sein. Mein Meister und Alle, die ich kenne — und ich komme jede Woche auf den Kornmarkt — alle sind gescheidter und pfiffiger, aber deswegen bin ich doch kein Dummkopf, kein Tralle —"

Er hielt inne, sie sollte das bestätigen und sie that's auch, denn sie sagte:

„Wer Dich für einen Tralle kauft, der ist betrogen."

Er lachte laut und Melac stimmte ihm bei; er konnte sein Lachen aber wieder nur als Bellen hergeben.

Einen Grashalm ausraufend und ihn zwischen die Zähne nehmend, fuhr Adam fort:

„Ich möcht' was sagen ... Nimmst mir's nicht übel?"

„Das kann ich nicht vorher sagen, ich weiß ja nicht, was."

„Schau, ich mein', mit so einem Geld zusammen, da könnte man schon was anfangen, wenn man vier Schafthände darauf legt; da könnte man drüben ein klein Bauernanwesen kaufen. Und Abschied zu nehmen hätten wir von Niemand. Ich wär' schon lang auch gern nach Amerika, aber so allein ist mir's zu allein ... ich ... ich ... jetzt besinn' Dich."

„Ich bin schon besonnen. Mit mir ist's nichts."

„Warum? Hast Du schon was?"

„Nein!"

„Hast Du nie was gehabt?"

„Ich sag's frei heraus, es ist ein Glück, daß der Bub gestorben ist, von so einem schlechten Kerl soll kein Kind auf der Welt sein."

„Wer ist denn der Vater gewesen?"

„Ein Müllerknecht. Er ist schon lang verheirathet."

Adam setzte den Hut ab und setzte ihn wieder auf, in seinem Gesichte zuckte es seltsam hin und her, seine Augenbrauen sträubten sich, er bewegte die Lippen, wie wenn er an Etwas sauge, dann schaute er in den Baum hinauf, als ob da droben Jemand säße, der ihm Etwas zu verkünden hätte; endlich sagte er:

„Ja, so ist's. Und ich sag's," brachte Adam hervor, „Du könntest ja auch eine Wittfrau sein."

Das Antlitz Eva's wurde fast schön, indem sie erröthend sagte:

„Ich danke Dir."

„Ich wüßte nicht, für was."

„Das ist ein gutes Wort gewesen, das werde ich Dir nicht vergessen; ist mir lieber, als wenn Du mir das Halstuch geschenkt hättest."

Es trat eine längere Pause ein.

„Bist Du immer gern im Dienst?" fragte Adam endlich.

„Ja. Und Du auch?"

„Ja freilich, aber ich meine" —

„Was meinst Du? Red' nur, ich hör' Dir jetzt gern zu."

„Ich mein', wir sollten wieder einmal zusammen= kommen können."

„Das kann schon sein. Aber wie ich gehört hab', wohnen wir weit auseinander."

„Könnten wir nicht nah bei einander wohnen, so wie jetzt?"

„Versteh' ich Dich recht?"

„Ja, Du verstehst mich recht, und was sagst Du dazu?"

„Ich — ich sag' Dir tausend Dank. Ich hab' damals geschworen, ich will mein Lebtag von keinem Mann mehr etwas wissen."

„Das kann man nicht verschwören."

„Doch, doch."

„Warum stehst Du auf? Hab' ich Dir was zu leid gethan?"

„Gar nichts, gar nichts, Du hast's gut gemeint ... Behüt' Dich Gott."

Sie ging raschen Schrittes davon.

„Wart' doch, ich muß Dir doch noch eine Ab= schiedshand geben," rief Adam.

Sie wehrte rückwärts mit der Hand ab und rannte eiligen Schrittes davon.

Adam saß wie gebannt am Wegrain. Er sah der Enteilenden nach, bis ihm die Augen übergingen. Er sah Nichts davon, wie auch die Flüchtende helle Thränen vergoß. Sie erschrak, da sie gewahr wurde, daß sie die Thränen mit dem schönen seidenen Tüchlein abgewischt hatte . . .

Am Abend fuhr Adam mit seinem Meister thalab, bis zu dem Haltpunkt, wo die Müllerschimmel auf sie warteten. Eine Stunde vorher war Eva mit ihren Meistersleuten thalauf gefahren, bis zu dem Haltpunkt, wo zwei Rappen auf sie warteten.

Die abendlichen Herbstnebel wogten und wallten über dem Thal hüben und über dem Thal drüben; die Wasser rauschten hier und rauschten dort.

Die Rappen gingen ihren besonderen Weg und die Schimmel gingen ihren besonderen Weg.

Wenn wir uns vor zehn, fünfzehn Jahren gesehen hätten! das dachte Adam hier, und das dachte Eva dort.

Sie sahen einander nicht wieder.

Er hat Cigarren, die er nicht raucht; sie hat ein roth und gelb gestreiftes Halstuch, das sie nicht trägt.

Sie sahen einander nicht wieder.

Der Sohn des Käthchen von Heilbronn.

Das Schauspiel war zu Ende, in der Proscenums=
loge erhoben sich drei Männer; sie hielten zusammen
im Gedränge auf Treppe und Flur, wo man unter
den das Theater Verlassenden kurze Gespräche hörte.

„Wie war's?" fragte ein Mann, der seine Frau
abholte.

„Sehr hübsch! Ich habe mich sehr gut amüsirt."

„Du scheinst ja geweint zu haben?"

„Die Adolphi spielte tief ergreifend."

Zwei Frauen besprachen mit einander die geschmack=
vollen verschiedenen Anzüge der Adolphi.

Die drei Genossen standen unter der Vorhalle.
Friedrich von Büdesheim rief mit heller Tenorstimme
nach seinem Wagen; er fuhr vor, die drei Genossen
setzten sich ein, der Kutscher wußte, wohin er zu fahren
hatte.

Der Gummibezug der Räder hätte wohl gestattet,
ein Gespräch zu führen, aber es war unverbrüchliche
Bestimmung, daß man erst beim Abendessen die Ein=
drücke und Ansichten austauschte.

Friedrich von Büdesheim war ein Mann von guter
2*

Bildung, wenn er auch oft darüber klagte, daß sein
Bildungsgang unterbrochen worden sei. Er nannte
sich bisweilen einen Abonnenten im Kampfspiele des
Daseins, das er, ohne persönliche Betheiligung, sich
mit gelassener Ruhe betrachte. In seiner Jugend hatte
er studiren wollen, mußte aber die Fabrik seines Vaters
übernehmen, die ihm indeß in der Gründungszeit zu
einem guten Preise abgekauft wurde. Nunmehr lebte
er in ungebundener Weise von Essen und Trinken, von
Lectüre und Theater und hatte seine besondere Lust daran,
es minder begüterten Genossen behaglich zu machen.
Sein Wagen, seine Bücher, sein Tisch, seine Loge im
Theater standen guten Gesellen immer bereit. Er
war ein Mann von Urtheil und Geschmack und dabei
von überaus läßlicher Gesinnung, die auf einer gewissen
besonderen Dankbarkeit beruhte. Er war Jedem, der
etwas leistete und darstellte, dankbar. „Das ist doch
etwas, das ist viel," sagte er, auch bei dem Unzuläng-
lichen. Die Menschen waren ja so emsig, sie malten
Bilder, schrieben Bücher und Dramen, um ihn zu vergnügen. Außerdem wußte er aus dem Umgange mit
Künstlern und Künstlerinnen — und er betonte das
gerne mit einem seltsamen Gesichtsausdruck — wie
viel mühsame Arbeit in dem stecke, was man so leicht
und obenhin bekrittelt.

Herrn von Büdesheim gegenüber saß ein schlanker
junger Mann von elegischem Gesichtsausdrucke, den
man scherzweise den Epigonen oder auch Fäustle nannte.

Er hatte hervorragende dichterische und kritische Begabung, aber auch in dieser Natur war etwas Gebrochenes. Allem Alltäglichen, allem Kleinlichen gegenüber widerstrebend und ablehnend, hatte er das Verlangen, große, streng bemessene Dichtwerke zu schaffen, und in Plänen, Vorsätzen und großen Aufgaben war Niemand reicher als er; in der Ausführung aber stockte er beständig, denn er glaubte, noch viel Höheres und Mächtigeres zu können und zu müssen, und so unterblieb, was er eigentlich zu leisten vermochte. In der ersten Jugend hatte er einmal gesagt: Nur einen neuen Faust darf ich schreiben, nichts Geringeres. Daher hatte er den Namen „Fäustle" bekommen, den allerdings nur Altvertraute ihm noch geben durften. Die Selbstkritik hatte ihm auch eine große Selbstbeherrschung gegeben, Niemand bemerkte, daß er eigentlich unzufrieden mit der Welt war, die sich an den flüchtigen Tageserscheinungen vergnügte und nicht mit seinen ungeschriebenen Werken sich befriedigt fühlte. Vorläufig war er Lehrer der deutschen Sprache und Literaturgeschichte an einer sogenannten höheren Töchterschule und das Ideal aller seiner Schülerinnen von der Confirmation bis zur Verlobung.

Von den hier Vereinten wurde er oft der Epigone genannt, und bei diesem Namen sei er auch hier bezeichnet; denn er behauptete: wir Neueren könnten nichts mehr gestalten, was der Mühe werth sei und länger als eine Saison lebe.

Der Dritte war ein Professor der Philologie, der

aber von seinen Berufsgenossen als Ketzer, ja, was noch schlimmer, als Dilettant und Belletrist sich an= sehen lassen mußte; denn er war der Ansicht, daß nicht nur Plautus und Terenz genauere Beachtung verdienten, sondern auch Hinz und Kunz der heutigen Zeit mit ihren Hervorbringungen. Ein College, der ihn einmal darüber ausspottete, mußte das Wort von ihm hören: Ihr Hochgelahrten, ihr haltet den ausgestopften Vogel im naturhistorischen Museum für den allein wirklichen Vogel; ich aber glaube, daß der warmblütig bewegte, der fliegende Vogel der wirkliche ist.

In dem Wagen fuhren die drei Genossen geraume Zeit still dahin. Der Epigone aber konnte sich nicht enthalten schon jetzt zu sagen: „Das hat doch ein echter Dichter gemacht! Und wär' nur die eine Stelle, die stammt aus einer wirklichen Dichterseele. Wie sich die beiden Eheleute zum ersten Mal zanken, und wie der Ehemann sagt: »Sind das unsere Stimmen, die so mit einander reden?« Dieser aus der Tiefe kommende Anruf, der wie ein naiver Naturlaut auftönt und doch aus künstlerischem Bewußtsein hervorbringt, dieses plötz= liche Sichbesinnen, dieses wie traumhaft Verwandelt= und Versetztsein, mit einem Wort dieses Außersich= finden, vor sich selbst Erschrecken, das ist ein Accord aus einer volltönenden Dichterseele, ein Strahl aus einem sonnenhaften Dichterauge."

„Es freut mich, daß gerade Sie das sagen," ent= gegnete Büdesheim. „Die kritiksüchtige Genußlosigkeit unserer Zeit ist undankbar gegen die productiven Geister, die Gutes schaffen, wenn es auch nicht das Beste und Höchste ist."

Man kam beim Gasthofe an, und als die Freunde durch den großen Saal nach dem von Büdesheim bestellten kleinen Zimmer gehen wollten, begegnete ihnen ein hoch= gewachsener Mann in Hauptmanns=Uniform. Der Pro= fessor, der ein ehemaliger Schulkamerad des ernst drein blickenden Officiers war, sagte zutraulich: „Es freut mich, Dich einmal wieder zu sehen. Bist Du allein, Curt?"

„Ja!"

„Willst Du Dich uns anschließen?"

Der Officier nickte und so gingen die vier in das behagliche kleine Zimmer. Der Professor war aber doch etwas befangen; denn er wußte, welch ein bitteres Geschick das Gemüth des Hauptmanns bedrückte, und es konnte eben heute Verletzendes oder doch neu Auf= regendes im Gespräche sich kundgeben.

Hauptmann Curt, ein wissenschaftlich hochgebildeter Mann, liebte eine Schauspielerin und wollte sie zur Gattin nehmen, aber sie hätte ihren Kunstberuf auf= geben müssen; hiefür waren aber die ökonomischen Ver= hältnisse Beider unzulänglich, und so standen sie im Kampf um Resignation, der den Hauptmann vereinsamte und verdüsterte. Die beiden anderen Genossen schienen nichts von diesem Vorkommniß zu wissen, denn sie kannten den Hauptmann nur oberflächlich.

Die Cigarren wurden angezündet, natürlich spendete

Büdesheim dieselben, mit dem Hinzufügen, daß sie echtes Kraut und von der jüngsten Ernte seien.

„Die Herren kommen wol aus dem Theater?" fragte der Hauptmann.

„Ja!" entgegnete der Professor.

„Und was wurde gegeben?"

„Ein neues Komödiantenstück," fügte der Epigone hinzu.

Der Hauptmann setzte seine Cigarre nochmals in Brand, nur der Professor sah, wie er bis in die Stirn=haare hinein roth wurde.

„Ich muß sagen," setzte Büdesheim lustig hinzu, „wenn man eine solche Künstlerin, wie die Adolphi, zur Frau hat, dann muß man sie bei ihrer Kunst lassen. Sie ihrem Berufe entziehen wäre ein Raub, ein Ver=brechen an der Kunst. Freilich aber auch, eine solche Frau zu heirathen, ist ein Wagestück, und es ist nicht Jedermanns Geschmack, seine Frau auf dem Theater geliebkost oder tragisch gequält zu sehen."

Der Hauptmann stieß schnellere Rauchwolken aus, aber mit ruhiger Stimme fragte er: „Was war denn der Inhalt des neuen Stückes?"

„Ich finde es ungerecht," nahm der Professor das Wort, er schien offenbar in Verlegenheit, „wenn man aus einem Dichtwerke das Schema auszieht; man muß zu viel zerstören. Allerdings ist jede Dichtung in sich hinfällig, von der man nicht kurzweg und nackt den wesentlichen Inhalt und vor Allem den Drehpunkt der

Handlung erzählen kann. Es bleibt freilich immerhin, als ob man ein reich instrumentirtes, ein harmonisch zusammengestimmtes Musikwerk nachpfeifen wollte; die Instrumentation fehlt."

Er hielt inne und hätte gerne den Genossen gesagt, wie unzuträglich es sei, gerade jetzt dieses Thema abzuhandeln; aber er sah wieder die ruhig gefaßte Miene des Hauptmanns und ließ den Epigonen gewähren, der mit klangvoller, warmherziger Stimme und nicht ohne wohlbemessene Betonungen sagte:

„Ich möchte doch dem Herrn Hauptmann kurz erzählen: Eine liebenswürdige, naturvolle Schauspielerin giebt einem edlen, kunstbegeisterten Baron, nachdem sie an viele Andere Körbe ausgetheilt hat, eben in dem Moment ihr Jawort, wo sie in der niedrigsten Weise von einem — glücklicher Weise nicht auf der Bühne erscheinenden — Recensenten öffentlich verleumdet, von ihren Vorgesetzten eine Zurücksetzung erfährt. Sie heirathet und lebt nun auf dem Gute des Barons; die ehemaligen Berufsgenossen ziehen singend und in toller Lustigkeit vorüber, sie verläßt ihr Schloß und schließt sich den Genossen wieder an, spielt in einem neuen Stücke, das Aehnlichkeit mit ihrer Situation hat, und der Baron, der eben seine Frau nur für sich allein haben wollte, wird bekehrt und willigt schließlich ein, daß sie seine Frau und Schauspielerin zugleich sei."

„Da sehen Sie," fiel Büdesheim ein, „wie unge-

recht man wird, wenn man die mit so viel Lustigem
und so viel Rührendem, mit so viel echten Naturlauten
ausgestattete Fabel so dürr herausschält."

„Wunderlich!" fügte der Professor hinzu, „alle
Personen dieses Stückes, die großen und kleinen Schau-
spieler und Schauspielerinnen, die da auftreten, sind
so wahr, so lebensvoll physiognomisch, und die Fabel,
vor Allem die Schlußwendung scheint mir verfehlt.
Ich erwartete einen schnurstracks entgegengesetzten Schluß.
Pereat ars, fiat mundus. Nicht der brave, edelsinnige
Mann, sondern die Schauspielerin mußte bekehrt werden.
Nun aber wird der Baron der Mann seiner Frau, der
Gatte einer berühmten Schauspielerin; er wird sich
mit den Recensenten gut stellen, irgend ein unwürdiges
Subject zu einer Ehrenerklärung oder zu einem Duell
bringen müssen, und dafür hat er das Vergnügen, seine
Frau in doppeltem Sinne beklatscht zu sehen."

„Mich als Epikuräer," wandte Büdesheim ein
(er ärgerte sich, wenn man ihn so nannte, weil er es
wirklich war), „mich als Epikuräer würde es reizen,
meine Frau — wenn ich mir ein weibliches Wesen
als unabtrennlich von mir denken könnte — in verschiedenen Gestalten und Kostümen zu sehen; aber freilich,
ich könnte es nicht verwinden, Schminktopfträger
zu sein."

„Schminktopfträger! Woher haben Sie das
Wort?" fragte der Professor mit ungewöhnlich bewegter Stimme.

Dem Hauptmann war die Cigarre entfallen, er hob sie auf. Niemand konnte die Betroffenheit in seinen Mienen wahrnehmen.

„Woher haben Sie das Wort?" fragte der Professor noch einmal.

„Ich weiß nicht," entgegnete Büdesheim, „vielleicht habe ich es einmal gehört, vielleicht auch habe ich es jetzt erst gebildet."

Nun trat eine Pause ein, der Hauptmann und der Professor wechselten bedeutsame Blicke. Der Epigone, der nichts davon merkte, legte sich in seinen Lehnsessel zurück und sprach in lehrhaftem Tone:

„Was sollen uns Existenzen, die, ich möchte sagen, nicht im allgemeinen Sonnenlicht stehen, sondern eine eigene künstliche Beleuchtung, das jetzt theatergebräuchliche elektrische Licht verlangen? Was soll uns überhaupt die künstliche Kunst, diese gemalten Maler-Ateliers, diese gespielten Schauspieler? Dieses Künstlerpathos ist nicht nur ein künstliches, auch ein Stück Byzantinismus und Unfruchtbarkeit ist in diesen Producten. Holt euch ein Stück frisches Leben und sucht es zu fassen und zu formen. Was die Kunst darstellt, muß aus dem wirklichen Leben genommen sein und am wirklichen Treiben sich messen lassen. Ich kann aus vielfacher Erfahrung sagen: unsere heutige Jugend liest nur mit Widerstreben Goethes Wilhelm Meister oder liest ihn gar nicht. Lust und Leid des Komödiantenthums bewegt heutigen Tages die Gemüther nicht mehr. Und nun gar Schauspieler als handelnde Personen vor unseren Augen, die Rückseite, das Leben hinter den Coulissen für uns herumrücken — es ist Unnatur und sinnverwirrend zugleich. Jedes Wort hat, wenn ich so sagen darf, einen schielenden Ton; der Zuschauer muß sich an's Schielen, nicht nur im Sehen, sondern auch im Hören, gewöhnen. Jeder Zuschauer ist da ein Stück doppelten Publikums, des fingirten und des wirklichen. Der Spielende ist zugleich der Gespielte, bald müssen wir ihn uns mit der Schminke auf den Backen denken, bald davon befreit. Was verlangt ein Dichter, der einen Schauspieler zum Helden macht, vom Zuhörer und Zuschauer? Drei Empfindungs-Orchester oder auch Melodien spielen durch einander. Der Mann da draußen heißt als Schauspieler unserer Stadt Herr Müller, als Schauspieler im vorgeführten Stücke heißt er Schulze, und in dem Stück, in welchem er auf's Stichwort hinaus muß, spielt er die Rolle des Herrn Fischer."

Der Epigone hatte laut und heftig gesprochen, jetzt hielt er inne und mit einem liebenswürdigen Lächeln sagte er: „Ich sehe Ihnen an, Herr Hauptmann, Sie wollten etwas fragen."

Der Hauptmann war betroffen, aber wiederum in schneller Fassung sagte er: „Allerdings. Ich wollte fragen, warum sich nicht der Schauspielerberuf ebenso gut zur dichterischen Darstellung eignen sollte, wie der des Musikers, des Malers, des Professors? oder schließen

Sie auch diese aus? Was bliebe Ihnen dann? Be=
amte, Kaufleute, Soldaten, Handwerker, höhere und
niedere Bauern."

„Ich glaube," trat der Professor für den Epigonen
ein, „ich glaube, unser Freund will nur das aus=
schließen, was ein Pathos, eine Spannung der Nerven
voraussetzt, die nicht aus der allgemeinen Menschen=
natur heraus sich auf die Zuschauer überträgt, etwas
psychologisch Aristokratisches mit eximirtem Gerichts=
stand. Die Zuschauer dürfen nicht erst durch allerlei
Zuthaten und Reizmittel das Gruseln lernen, das
Gruseln muß sich naturgemäß von selber einstellen,
indem jeder Zuschauer sich in die Seele des Handelnden,
des Leidenden und Kämpfenden versetzt sieht. Hier
aber sagt oder empfindet er doch leicht: das geht dich
da draußen an, mich nicht. Ich glaube, unser Freund
wollte auch nur sagen, der Accent muß auf dem Allen
erkennbaren, allgemein Menschlichen liegen, nicht auf
der Besonderheit eines Berufes. Ein Krieger, ein See=
fahrer, ein Staatsmann, ein Fabrikant sind dichterische
Objecte, wenn durch das berufliche Kostüm die all=
gemein menschliche Gestalt, und hier vor Allem die
Psyche, in ihren Regungen und Bewegungen erkenn=
bar ist."

„Ja," fügte der Epigone wieder an, „ein Haupt=
moment ist doch noch allgemein gültig. Die Jungfrau
von Orleans muß sterben, nachdem sie rauschenden
Kriegsruhm und Verehrung als Wundererscheinung ge=

noſſen. Soll ſie wieder Hirtin werden, oder ſoll ſie irgend einen Cavalier am Hofe heirathen? Sie muß ſterben. Wie ſoll das Excentriſche wieder concentriſch werden? Schon eine Schlupfwespe, die aus der Verpuppung ausgeflogen iſt, kann nicht mehr in dieſelbe zurück, ſie hat zu viel Luft eingeſogen, die Verpuppung iſt ihr nun zu eng. Eine Schauſpielerin, an Huldigungen und öffentliche Bethätigung, an den Genuß des rauſchenden Beifalls gewöhnt, daß tauſend Augen glänzen, tauſend Hände ſich regen, kann ſich nicht im engen Pflichtenkreiſe einfriedigen und ausleben. Dieſes Moment dichteriſch auszugeſtalten, wäre eine ſchöne und wohl anzuerkennende Aufgabe. Der hier concret gewordene Conflict ſtammt aus dem Centrum, ich möchte ſagen aus der Centralſonne des höchſten und ewigen Conflicts, den wir als Kampf zwiſchen Freiheit und Nothwendigkeit, oder näher, zwiſchen individueller Naturbeſtimmung und ſocialer Gebundenheit bezeichnen dürfen. Das Abſolute und das Bedingte, das Ewige und das Zeitliche geräth in Reibung und drängt zum philoſophiſchen oder dichteriſchen Austrag. Dieſes Centrale bricht dann in verſchiedenen Strahlungen auseinander, wird Kampf zwiſchen Genie und bürgerlicher Beſcheidung, zwiſchen Naturtrotz und bezwungener Demuth, zwiſchen Dämoniſchem, Märchenhaftem mit Nüchternem und Alltäglichem. Beide in ſich berechtigte Gewalten dichteriſch zu balanciren und durch Thatſachen und typiſche Figuren zu demaskiren

oder vielmehr die Naturgewalten zur elektrischen Ent-
ladung bringen, das könnte auch in dieser Sphäre eine
hohe dichterische Aufgabe sein. Hier sind verknotete
Kreuzgewebe, hier sind Grenzstreitigkeiten des Gewissens,
und es fragt sich, ob die Herbheit der Tragik nicht
geschmeidigt, die Härte nicht löslich gemacht werden
kann. Den Kunstberuf der Künstlerin dem bürgerlichen
Beruf des Mannes entgegenzustellen, der heiligen Natur
die profane Gesellschaft, hier die Lösung suchen, das
wär's; oder noch mehr: die Collision der Pflichten, der
Conflict zweier durch Bande der Natur unlöslich ver-
knüpfter Menschen ist dichterisch ausgiebig, noch aus-
giebiger aber, wenn die kämpfenden zwei Naturen in
einem einzigen Menschen eingeschlossen sind, wie hier
die Künstlerin und die Gattin, das bürgerlich familien-
hafte Element und das künstlerisch excentrische. Denn
Gott Apollo ist ebenso gut wie der alte Gott Jehovah
ein eifersüchtiger Gott und befiehlt: Du sollst keinen
andern Gott neben mir haben."

Der Epigone hatte sehr heftig gesprochen, der
Hauptmann ihm mit offenbar gewaltsamer Ruhe zugehört. Geraume Zeit herrschte Stille in dem behag-
lichen Gemach. Büdesheim nahm endlich das Wort
und sagte: „Unser Freund hat einem zukünftigen Dichter
wieder eine hohe Aufgabe gestellt. Ich meinerseits
möchte diesem Dichter der Zukunft einen kleinen Bei-
trag geben. — Ich kannte eine Sängerin, die sich im
Zenith ihres Ruhmes von der Bühne getrennt hatte;

sie fand erst Ruhe, als sie Pietistin wurde und sich immerdar mit ihrem Seelenheil beschäftigen konnte. Sie that das für sich und die Ihren mit einem Eifer, der eine wunderbare kleine Geschichte zur Folge hatte. Sie hatte einen Sohn von fünf Jahren, für welchen sie einen Kameraden wünschte. Man brachte ihr einen wohl= und feinerzogenen gleichalterigen Knaben aus der Nachbarschaft. Eines Tages kommt das Nach= barskind nach Hause, und der Vater fragt: Nun, wie war's? Da antwortete das Nachbarskind: Der Werner hat mir ganz stolz gesagt: Bist Du auch ein Sünder? Ich bin ein Sünder, mein Vater ist auch ein Sünder, meine Mutter ist auch eine Sünderin, wir alle sind Sünder, wir alle; bist Du auch ein Sünder? — Das Sängerinkind war ganz stolz darauf, ein Sünder zu sein."

Mit dieser zu allgemeiner Befreiung und Heiterkeit vorgetragenen Anekdote wendete sich das Gespräch und man schickte sich endlich zur Heimkehr an.

Auf der Straße bot Büdesheim den Freunden an, sie nach Haus zu fahren, aber der Hauptmann sagte, er möchte mit dem Herrn Professor zu Fuß gehen, und so fuhren die Anderen und die Beiden gingen mit einander.

Mit zögerndem Tone fragte der Hauptmann den Professor: „Deine Freunde hatten gewiß keine Ahnung davon, wie mich das Alles berühren mußte?"

„Gewiß nicht, denn es sind Männer von Takt."

Geraume Zeit gingen die Beiden still dahin; endlich sagte der Hauptmann: „Ich war oft daran, Dich zum Schiedsrichter zwischen mir selbst zu machen oder doch Dich zu berathen, aber ich sehe, daß mir Niemand rathen kann. Ein Jeder wird da zum Prometheus, der das Schwere in sich allein vollführen und schlich= ten muß."

Mit offenbarer Behutsamkeit im Tone und in der Wortgebung erwiderte der Professor:

„Ich habe viel über Dich und Deine Lage gedacht. Es könnte als Thrannei erscheinen, daß Dein Beruf die fernere künstlerische Thätigkeit Deiner Frau aus= schließt. Aber die Geschlossenheit Deines Standes mit seinem corporativen Geiste, mit seinem Einanderhalten in Reih und Glied, das bedingt eben die Unzuträglich= keit, und ein Ausscheiden aus Deinem Berufe . . ."

„Würde mein ganzes Dasein in Frage stellen," fiel der Hauptmann rasch ein. „Was könnte ich dann noch sein? — Das Wort »Schminktopfträger« hat Dich auch erschreckt, ich sah es, um meinetwillen."

„Nicht blos um Deinetwillen. Komm mit nach Hause, ich will Dir den Beweis geben, und Du wirst mit mir staunen."

Im Hause des Professors, wo man leise auftrat, um die Frau und die Kinder nicht im Schlafe zu stören, führte der Professor den Freund in seine Studir= stube, zündete dort eine Lampe an, suchte in einem verborgenen Schubfache nach einem Manuscript und sagte endlich: „Das sollst Du lesen. Ich bedauere nur, daß Du nicht die wohlklingende, tief zu Herzen bringende Stimme hören kannst, mit der die edle, herrliche Frau in hohem Alter mir diese Geschichte dictirte. Du sollst sie lesen, Du wirst finden, daß das seltsame Wort von Büdesheim hier auch eine Rolle spielt. Lies! Ich habe unterdeß noch etwas zu schreiben."

Der Professor übergab dem Hauptmann ein kleines Heft, dann setzte er sich an einen andern Tisch, und der Hauptmann las:

„Ich bin ein Theaterkind, nicht eigentlich Kind von Schauspielern, aber von früh an hörte ich immer vom Theater sprechen und daß wir davon lebten. Mein Vater war Mitglied der fürstlichen Hofkapelle, er war ein still zufriedener und immer bescheidener Mann. Er brachte es sein Leben lang nicht weiter als zum zweiten Geiger; ich glaube, er wollte es auch nie weiter bringen. Auch im Hause, darf ich sagen, spielte mein Vater nur die zweite Geige, meine Mutter herrschte und er ließ sie gerne herrschen. Ich habe meinen Vater nie heftig gesehen, auch da nicht, als er mir Musik= unterricht gab; dabei werden die Väter doch leicht zornig und ungeduldig.

Es schien, als ob ich eine gute Singstimme hätte, aber es zeigte sich bald, daß sie nur sehr dürftig war. Dagegen bemerkte ich schon früh, daß man meine Sprech= stimme sehr lobte. Zum Geburtstage der Mutter und zu dem des Vaters hatte ich mein Gedichtchen her=

zusagen, und ich sehe noch den strahlenden Blick meines guten Vaters; er hörte mir mit den Augen zu, den lieben stillen blauen Augen. Ich kann es nicht fassen, daß mich diese Augen nicht mehr sehen, und doch werde auch ich bald . . . Aber genug, schreib' nur weiter!

Ich überspringe mehrere Jahre; ich war Schauspielerin. Ich erhielt Anträge nach auswärtigen Bühnen, aber ich konnte mir nicht denken, daß ich meine Eltern verlassen sollte, und der Fürst, der mich als eingeborenes Landeskind besonders hochhielt, erhöhte mein Gehalt. Ich wollte unseren bescheidenen Haushalt nun größer, bequemer machen, aber mein Vater duldete es nicht. Nur das that er mir zu liebe, daß er seine vielen Privatstunden bis auf ganz wenige aufgab.

Noch jetzt zittert mir das Herz, wenn ich jenes Abends gedenke, wo ich das Käthchen von Heilbronn spielte. Mein Vater sah mich, und ich kam einmal fast in Verwirrung, als ich bemerkte, wie er im Orchester mit dem Taschentuch sich die Thränen abtrocknete. Als ich heimkam, sagte er mir: Kind, ich habe rechte Freude an Dir. Kind, Du hast etwas, was sich Gottlob nicht lernen läßt; Du hast den Ton der Wahrhaftigkeit, man glaubt Dir, was Du sagst; das ist recht, das ist das Beste; dabei bleibe.

Diese Freude war die letzte meines Vaters, er starb bald darauf. Ich verließ nun mit meiner Mutter die kleine Residenz und kam an das große Hoftheater in N. Ich kann sagen, was an Ehren, was an Liebe

3*

und Achtung ein Menschenkind empfangen kann, ist
mir geworden. Ich war so glücklich, daß ich gar nicht
dachte, es könne noch ein anderes Glück auf der Welt
geben. Ich hatte, was viel sagen will, nicht nur keinen
Feind, sondern auch keine Feindin. Meine liebste Rolle
blieb das Käthchen, und ich gedachte dabei oft meines
Vaters: Ach, wenn er noch da unten säße im Orchester
und den Jubelruf des vollen Hauses hören könnte.
Es ist hart, wenn man ein Glück hat, das man nicht
mit dem Liebsten auf Erden theilen kann; meine
Mutter war leider taub geworden, und sonst hatte ich
Niemand, dessen Lob mich im Tiefsten erquickte, von
all den Verehrern und Lobpreisern Niemand.

Nun aber lernte ich kennen, daß es doch noch ein
anderes Glück giebt. Ein junger Mann, so schön als
gut, so gebildet als reich, warb um mich. Mein Herz
schlug ihm entgegen, aber ich lehnte seine Werbung
ab; denn er verlangte, daß ich der Kunst entsage, und
wie sollte ich dann noch leben? Ottokar verhielt sich
ruhig und bestürmte mich nicht weiter. Er sah, daß
ich keinen Andern liebte und daß ich mich immer von
Herzen freute, wenn er kam. Fast noch mehr, als ich
ihm gut war, liebte ihn meine Mutter, und wunder-
barer Weise las sie ihm die Worte, die er sprach, von
den Lippen ab, von den guten seinen Lippen, über die
nie ein unwahres, ein übertriebenes oder gar unschönes
Wort kam.

Eines Tags brachte mir Ottokar seine Eltern. Es

waren gebiegene, biederherzige Menschen, voll schlichter
Güte. Auch sie bedrängten mich nicht weiter, obgleich
sie mir zu verstehen gaben, wie glücklich meine Verbindung mit ihrem Sohne sie machen würde. Ich
weinte den ganzen Tag, als sie weggegangen waren,
die guten Menschen, und meine Mutter weinte mit
mir; sie redete mir zu, sie betheuerte, sie werde ruhig
sterben, wenn sie mich mit einem solchen Manne verbunden verließe, aber ich rief ihr entgegen: Die Künstlerin in mir tödten, das heißt mich nur halb, weniger
als halb leben lassen. Von da ab schwieg sie und zwang
sich auch offenbar zu heiterer, befriedigter Miene.

Ich hatte am Abend, da die Eltern Ottokars abgereist waren, als Käthchen aufzutreten. Ich spielte
zum ersten Mal schlecht, das Publikum schien es nicht
zu finden, aber ich fand es. Ich hatte das Gefühl,
daß mir jener Ton der Wahrhaftigkeit verloren gegangen war, den mein Vater als das Höchste gepriesen
hatte. Die Kritiken kamen, sie lobten meine großen
Fortschritte, die ich noch immer mache; ich begriff das
nicht. Auch Ottokar kam und sagte: er hätte nicht
gewußt, daß seine Bewunderung für mich noch einer
Steigerung fähig sei. Und eben jetzt in dieser ge-
waltsamen Gehobenheit, gegen welche doch ein Inneres
in mir widersprach, erklärte ich Ottokar, daß ich die
Seine werden und der Kunst entsagen wolle. Ich
erschrak, als ich das gesagt hatte, aber ich konnte das Wort
nicht mehr zurücknehmen, und wunderbar! es giebt Zu-

stände, wo man seinem Selbst entrückt ist. Der Ton,
in dem ich vorhin noch mein Wort gegeben hatte, das war
wieder der Ton der Wahrhaftigkeit, ein solcher, wie ich
ihn von mir selber gehört, und ich hörte ihn, wie wenn
eine ganz Andere ihn gesprochen hätte. Ja, so seltsame Menschen sind wir Künstler.

Nun aber weiter! Ottokar bezahlte eine namhafte
Summe, um mich von meinem Vertrag loszumachen,
und so war ich, wie in eine Traumwolke gehüllt,
verlobt, verheirathet, und wir reisten nach Italien,
während meine Mutter uns das neue Haus einrichtete.

Wir kamen zurück, voll von den großen Ein-
drücken, und wie wohl war's mir nun in meiner
schönen Häuslichkeit. Ein Porträt von mir im Kostüm
des Käthchen war wie in einen Tempel hineingestellt.

Ottokar hatte eine bedeutende Kunsthandlung.
Wir verlebten den Winter in angenehmer Häuslichkeit
und Geselligkeit; die besten Familien der Hauptstadt
besuchten unser Haus. Einmal ließ ich mich dazu ver-
leiten, einige Gedichte zu declamiren. Ich war selber
erfreut, ich darf sagen, entzückt über meine schöne
Stimme; sie schmiegte sich jedem Empfindungsaus-
drucke an. Es war dann sehr erheiternd, wie darüber
hin und her gesprochen wurde, warum denn nur der
Gesang sich zur Geselligkeit eignen solle und nicht auch
die Declamation. Wunderlich ergriff's mich, als ein
höherer Officier mir sagte: Es ist schön, daß Sie
Ihren früheren Beruf nicht verleugnen. Das traf

mich tief. Was sollte ich denn verleugnen? Habe ich meinen Beruf verleugnet? Was hatte ich denn gethan? Wie gesagt, es ergriff mich tief. Ich weiß nicht mehr, was ich antwortete, aber wenn ich in meiner Loge im Theater saß, konnte ich es oft vor Unruhe nicht aushalten, ich meinte oft, ich müsse hinunter und der Darstellerin sagen: bitte, lassen Sie mich spielen. Es kann sich Niemand denken, wie das ist, so seine eigenen Worte — denn die Dichterworte waren mir zu eigen geworden — von fremden Stimmen zu hören, und ich vernahm doch auch Accente und sah Bewegungen, die ich nicht gehabt hatte. Es ärgerte mich und freute mich durcheinander, wenn Freunde und Freundinnen in unsere Loge kamen und mir sagten, so wie ich könnte doch Niemand diese oder jene Rolle darstellen. Die Leute erwarteten, daß ich mit der herkömmlichen lügenhaften Bescheidenheit ablehnend darauf antworte, aber ich konnte nicht, denn ich glaubte ehrlich, daß in der That von denen, die da agiren, Niemand es so mache, wie es sein sollte.

Den ersten Sommer verlebten wir zum großen Theile auf dem Landgute meiner Schwiegereltern. Mein Mann ließ mich ganz dort und kam nur jeden Sonnabend und blieb bis zum Montag. Ich hatte in meinem Leben nie auf dem Lande gelebt, ich war ein Stadtkind, fast ein Theaterkind, und mir war's, als wäre ich jetzt erst auf die Welt gekommen. Alles Kunsttreiben und alles Gesellschaftstreiben war mir wie ein Traum, ein schwerer Traum, den man vergessen muß. Ich meinte, ich müßte jeden Wald=baum, jeden Obstbaum begrüßen und ihm danken, daß er nun auch mein sei. Die Blumen, das Gras, das wogende Kornfeld, das weidende Vieh, Alles glänzte mir so neu, erschien mir wie ein Wunder.

Meine Schwiegereltern liebten mich wie ihr eigen Kind, sie sagten mir das selten, aber ich sah es ihnen an den Augen ab. Eine besondere Lust war's mir, meinem Schwiegervater, der krank zu Bette lag, vor=zulesen. Ich lernte dabei auch eine neue Wirkung meiner Stimme kennen, eine einschläfernde, und sie verdroß mich nicht. Der treffliche Mann entschuldigte sich anfangs oft mit innigen Worten, daß ihn der Schlaf übermanne, aber er litt ja in der Nacht an Schlaflosigkeit, und auf die Erklärung hin, daß mich diese Wirkung durchaus nicht beleidige, sondern nur erfreue, unterließ er fortan, wie das seine Art war, jedes überflüssige Wort. Seltsam aber war es, wie der Mann wachen Geistes sehr oft bis auf's Wort hin sich erinnerte, wann er eingeschlafen war. Eines Ausspruches von ihm gedenke ich gern, denn er sagte: Nimm die Freude und den Dank all der Tausende, die Dir huldigen, zusammen, mein Dank ist doch noch größer, als der jener Aller zusammengenommen.

Der Schwiegervater starb im Herbste und segnete mich noch mit seinem letzten Hauch. Ich reiste mit Ottokar wieder zur Stadt, ich hatte ihn gebeten, mich

auf dem Lande zu lassen, aber ich mußte doch seinen
Gründen nachgeben. Wir kamen in die Stadt zurück.
Ich hörte, wie viel darüber geredet wurde, daß wir
jetzt bereits im Trauerjahr das Theater besuchten und
zwar regelmäßig. Ich kann die Menschen nur einfach
verachten, die die Kunst als ein unwürdiges, ein be=
rauschendes, ein blos profanes, ja vielleicht frivoles
Genießen gelten lassen. Aus dem Tempel sollte man
die Menschen weisen, die das so ansehen; aber freilich,
die Theater sind auch keine Tempel mehr, und sie
bringen Dinge, deren man sich schämen muß. Ja,
welche verborgenen Schleichwege hat die Verführung!
Eben das, daß die Kunst so erniedrigt wird, erweckte
in mir das Verlangen, mich ihr wieder zu widmen
und meinestheils zu ihrer Reinigung und Erhebung
beizutragen. Ich war oft traurig, und Ottokar redete
mir zu, ich solle mir an ihm ein Beispiel nehmen, er
habe sich doch bereits über den Tod des Vaters so
weit als möglich getröstet, ich aber erscheine noch un=
tröstlich. Ich rang mit mir, daß ich bekennen sollte,
und da fiel mir das Wort meines Vaters ein: Du
hast den Ton der Wahrhaftigkeit, laß Dir den nicht
entwenden. Ich konnte Ottokar nicht ein falsches
Wort, nicht einen falschen Ton erwidern, und ich ge=
stand ihm meine Sehnsucht nach meinem Kunstberuf.
Bleicher, als es jetzt wurde, war sein Antlitz nicht,
als er vom Begräbniß seines Vaters zurückkehrte.
Mit seiner gewohnten Fassung und Selbstbeherrschung

sagte er indeß: „Bitte, Luise, sprich das nur gegen mich aus, aber gegen Niemand anders. Willst Du?" „Ja!" antwortete ich, ihm die Hand reichend, und er küßte mir die Hand und sagte: „Ich glaube Deinem einfachen Wort und Deinem grundwahren Ton."

Ich hatte ihn also doch noch, den grundwahren Ton, flüsterte etwas im Hintergrunde meiner Seele, aber ich hieß es stumm sein. Ich vermuthe, ich wollte mich selbst glauben machen, daß ich fern von allem Kunsttreiben im reinen Naturleben zufrieden und glücklich sein werde. Ich sprach nur von meiner Sehnsucht nach dem Landaufenthalt.

Wir lebten diesen Winter fern von aller Geselligkeit, und als der Frühling kam, sagte Ottokar: „Luise, errathe ich einen Deiner Wünsche?"

„Du meinst den nach meinem ehemaligen Beruf."

„Nein, ich glaube, Du hast noch einen andern; Du möchtest auf dem Lande leben, auf dem Gute."

„Ach ja, ja!" rief ich ihm zu.

„Nun denn," sagte er, „ich kann meine Kunsthandlung zu gutem Preise an meinen ersten Geschäftsführer verkaufen, und ich bin, wenn Du entschlossen bist, bereit, das Gut zu übernehmen und zu bewirthschaften."

„Nein, thue es nicht mir zu liebe; ich werde mich schon wieder drein finden."

„Ich thue es nicht Dir zu liebe allein, ich thue es auch mir zu liebe."

Und so zogen wir auf's Land, ich war nun Guts-
herrin und hatte meine neue Freude an den Wäldern
und Feldern, an unserem schönen Viehstand. Was
Anderen ein Alltägliches war, war mir ein Außer-
ordentliches, was Allen so natürlich erschien, war mir
ein Wunder. Ich konnte stundenlang einer weidenden
Kuh zusehen; wie das so behaglich frißt und schnauft
und nur manchmal einen Blick in die Landschaft wirft.
Die Kühe kannten mich auch, und ein junges Rind
folgte mir wie ein Hund, ja sogar die Rehe im Walde
liefen nicht fort, wenn ich kam. Ich war so viel
draußen wie noch nie im Leben; denn ich hatte nun
auch reiten gelernt. Ich war von der Sonne so verbrannt, daß mich Ottokar oft seine braune Luise nannte.

Ich war keine wohlthätige Fee. Der Schmutz
in den Häusern der Landleute war mir zuwider. Ich
lernte auch das Leben des Landvolkes kennen, es ist
nicht schön, aber offen, man gewinnt bald Einblick in
diese gardinenlosen Existenzen, wie meine Nachbarin,
die Baronin von Trossen, sie nannte.

Ich finde, soweit ich die Welt kenne, keinen großen
Unterschied zwischen dem, was man die Gebildeten,
und zwischen dem, was man das Volk nennt; das einzige
ist, die Leute aus dem Volke sind ungeschickter im
Lügen und im Heucheln und manche können es gar
nicht, so wenig als das Thier. Der Fuchs kann nicht
schauspielern und sich den Anschein eines treuen Haus-
wächters geben. Die Heuchelei, das Schönthun ist in

der Welt, ich glaube, nicht erst in der heutigen so viel verbreitet; beim Theater noch am meisten, so daß es ein besonderer Schmaus ist, wenn man dahinter kommt, daß einer wirklich einmal die Wahrheit sagt, und daß er so ist, wie er sich giebt. Wie gesagt, daß die Landleute noch etwas vom lügenlosen Thierleben haben . . . doch, was soll ich Dir lehren?

So verging der Sommer. Am 25. September, es ist mein Geburtstag, brachte mir Ottokar ein An= gebinde, das mich unendlich entzückte. Er hatte mit großer Mühe alle die Theaterzettel sich erworben, auf denen mein Name stand, und überreichte mir dieselben in einem Prachtband. Auf der einen Seite des Ein= bandes war die Muse Thalia, die über meinem Bilde den Kranz hielt, und darunter stand: „Luisens Ruhm." Auf der anderen Seite war unser Gut abgebildet und wiederum mein Porträt, wie ich zu Pferde saß, und darunter stand: „Luisens Ruh."

Wie gut hatte es Ottokar gemeint, und wie bös war es geworden.

Ich saß tagelang und blätterte die Theaterzettel hin und her und vergegenwärtigte mir alle die wonnigen Abende und die wohligen Tage. Alles Ungemach, das ich erlitten, die abgeschmackten Rollen, die ich ja auch hatte spielen müssen, waren vergessen; nur das Schöne, das Erhebende und Berauschende stieg mir aus diesen Blättern auf.

Ein Zauberkreis von hunderterlei Gebilden schwebte

in der Luft und lockte und schmeichelte und rief: Ich
bin du und du bist ich, komm wieder und sei wieder
du und sei wieder ich. Sinnverwirrend drang es auf
mich ein.

Ich konnte nicht anders, ich mußte Ottokar meine
Sehnsucht nach meinem Beruf aussprechen.

Er starrte mich lange schweigend an, dann sagte er:
„Luise, soll ich Schminktopfträger werden?"

Es ist das einzige böse Wort, das ich je von ihm
hörte. Ich konnte nichts erwidern. Mit einem Blick,
der mir fremd war, sah er mich an und ging.

Schminktopfträger! — Das Wort ging mir tage=
lang nach. Ich hörte es aus dem Bache, der an unsern
Fenstern vorüberfloß, ich hörte es im Walde, im Felde,
in meinem Schlafzimmer — Schminktopfträger. Ist
das nicht Verwerfung meiner ganzen Kunst? Das allein
berührte mich; daß eine Erniedrigung Ottokars darin
liegen sollte, daß er sich selber damit beschämte, das
fiel mir nicht ein.

Und immer wieder und immer stärker kam meine
Sehnsucht nach meinem Beruf. Ich erinnere mich, daß
ich einmal aufwachte mit den Worten: Mein hoher
Herr! Ich hatte offenbar im Traume das Käthchen
gespielt.

„Du hast sehr lebhaft geträumt," sagte Ottokar,
weiter kein Wort.

Ich war in meinem Leben eigentlich nie krank
gewesen. Jetzt kränkelte ich und sah den sorgenvollen

Blick Ottokars. Er hatte eine nothwendige Reise nach
der Hauptstadt, ich konnte ihn nicht begleiten, und
war zum ersten Mal mit meiner Mutter allein auf
unserem Gute. Die Zeit wurde mir entsetzlich lang,
und eines Tages ließ es mir keine Ruhe, ich holte
meine Käthchenkleider und spielte mir ganz allein die
Rolle vor. Unsere Nachbarn, die Trossens, kamen,
ich war in Verwirrung, mich jetzt zeigen zu müssen.
Ich hatte die Kleider bald gewechselt, aber ich meinte,
ich müsse mir die Schminke vom Gesicht abwischen,
und es war doch nicht nöthig. Ich muß den guten
Leuten ganz wunderlich vorgekommen sein, denn ich
kam aus einer fremden Welt und sprach offenbar verwirrt.

Als die Nachbarn mich verlassen hatten, stand ich
lange wie traumhaft verloren vor meinem Käthchen=
gewande; ich war doppelt auf der Welt und gar nicht.
Mein ganzes Dasein erschien mir wie ein halbvergessener
Traum, auf den man sich allmählich besinnt. Und
doch eben damals, — aber höre weiter . . . Wie von
selbst kam anderen Tages der Arzt, er that, als ob er
zufällig käme, aber offenbar hatten die Nachbarn ihn
geschickt. Man brachte mich in's Bett.

Ottokar kam; bald nach der ersten Begrüßung setzte
er sich auf den Bettrand, zog ein Papier aus der Tasche
und sagte: Luise, ich habe es fertig gebracht mit mir
und dem Intendanten, hier ist der Vertrag, er bedarf
nur noch Deiner Unterschrift, und Du bist wieder en=

gagirt. Da faßte ich ihn um den Hals und vergrub mein Gesicht an seiner Brust und sagte: Vater —

Den Jubelschrei, den er da ausstieß, werde ich nie vergessen. Dem Himmel Dank, rief er, nur eins giebt es, nur eins konnte es geben, das Dich von Deiner Kunst auf immer abscheidet. Es konnte nur ein gleich Großes sein als die Kunst. Ist die Kunst die zweite Natur, so bleibt die mächtigere doch die erste . . ."

„Ich danke Dir, ich danke von Herzen," sagte der Hauptmann, als er gelesen, dem Professor das Heft darreichend. „Bitte, gib mir einen Briefbogen und Umschlag."

Mit rascher Hand schrieb der Hauptmann, dann reichte er das beschriebene Blatt dem Professor. Dieser las: „Erneuern Sie ihren Vertrag."

Während der Hauptmann das Blatt in den Um= schlag legte und adressirte, sagte er mit bewegter Stimme:

„Alle Empfindung ist bereits ausgesprochen, aller Seelenkampf ausgegründet. Wir haben vereinbart, daß ich die Entscheidung nur mit solchen kurzen Worten gebe. Diese Aufzeichnung hier und das schlimme Wort ›Schminktopfträger‹ hat nicht die Entscheidung herbei= geführt, nur bestärkt. Ich danke Dir. Aber wie kommst Du zu dieser Aufzeichnung?"

„Das fragst Du? Ich bin ja der einzige Sohn von Luise und Ottokar. Ich habe das geschrieben, wie meine

Mutter es mir dictirte. Ich will nicht sagen, daß eine
Mutter gewordene Frau nicht mehr darstellende Künst=
lerin bleiben kann. Es läßt sich ja kein die Fülle des
Lebens umfassendes Drama ausgestalten ohne die Figur
der Mutter, ohne Anstandsdamen, ohne Heroinen. Ich
kenne Schauspielerinnen, die die besten Mütter sind.
Dazu kommt das Genügen, daß auch die Frau die Er=
werbende sein kann. Wie gesagt, daraus soll keine all=
gemeine Regel gelten, aber sie galt für den besondern
Fall. Bei meiner Mutter hieß es nur: Im Anfang
war die Natur."

„Eines von uns," sagte der Hauptmann endlich,
„mußte seinem Beruf entsagen. Ich versuchte, natürlich
behutsam — denn wenn man bei meinen Oberen erfährt,
daß ich Lust zum Austritte hätte, ist es um mein
regelrechtes Aufsteigen geschehen — ich versuchte eine
Stellung im Eisenbahndienst oder auch im Polizeidienst
zu gewinnen. Die Aussichten waren nicht günstig,
und Du weißt ja besser als ich, wie zusammengesetzt
unsere Empfindungen sind. Es beruhigte mich, daß
ich meine Schuldigkeit gethan, und eben als ich meinen
Beruf verlassen sollte, wurde mir erst recht deutlich, wie
lieb er mir war; ich bin doch mit Leib und Seele Soldat."

Der Professor erkannte die inneren Kämpfe des
Mannes, und es war ein nicht unwirksamer Trost,
als er ihm sagte, er solle sich freuen, daß ihm ein=
mal das volle Glück der Liebe zu Theil geworden,
Tausend und Abertausende stürben hin, Ledige und Ver=

heirathete, die nie in Wahrheit empfunden, was Liebe ist. Der Hauptmann seufzte tief, es war der einzige Seufzer, den der Professor von ihm vernahm.

Sie sprachen noch lange; sie, die bisher eigentlich nur Schulkameraden gewesen, wurden in dieser Stunde Freunde. Der Hauptmann drückte endlich dem Professor die Hand zum Abschied. Er sagte es nicht in Worten, aber der Druck seiner Hand sagte es: Ich habe eine Liebe aufgegeben, aber einen neuen vollen Freund gewonnen.

„Ich begleite Dich noch, ich bin zu aufgeregt, um schlafen zu können," sagte der Professor, und ging mit dem alten Kameraden und neuen Freunde durch die stillen Straßen.

An einem Briefkasten blieb der Hauptmann stehen, zog den Brief heraus, betrachtete beim Scheine der Gaslaterne noch einmal die Adresse, dann schob er den Brief in den Kasten. Ein leises Beben ging durch seine kräftige Gestalt, als der Schieber mit dem eigenthümlichen schätternden Tone niederfiel. Es war geschehen.

Die Freunde gingen weiter, am Hause des Hauptmanns nahmen sie nochmals Abschied, und in einem fast hellen Tone sagte der Hauptmann:

„Gute Nacht, Sohn des Käthchen von Heilbronn."

„Nenne mich aber nur zwischen uns Beiden so!" rief der Professor ihm nach.

Die feindlichen Schwestern.

4*

Die feindlichen Schwestern.

4*

I.

Sie lebten heiter und gut mit einander, sie waren jung gewesen und alt geworden; die ältere hieß Agathe, die jüngere Clara, sie wurde aber auch Clärchen genannt und ließ sich immer noch gern als Kind behandeln. Sie waren beide schlank und hager, sie müssen in der Jugend hübsch gewesen sein. Wie alt sie waren, da die Geschichte sich ereignete? Wir werden es schon erfahren.

Sie waren beide jahraus jahrein damit beschäftigt, Schlagfedern und sogenannte Fallbengel zu fertigen für die Wanduhren, wie sie in der Landschaft zusammengesetzt werden. Der Vater war Uhrmacher gewesen, dort steht noch das Kunstwerk, das er — allerdings mit Beihülfe des Wannen-Xaveri — gefertigt hat. Zu jeder Stunde öffnet sich ein Doppelthürchen unterhalb des Zifferblatts an dem reichverzierten braunen Gehäuse; zwei wohlgeschnitzte und schön bemalte Trompeter erscheinen in strammer Haltung, halten die kleinen Trompeten an den Mund und blasen die doppelstimmig gesetzte Tagwacht mit unabänderlicher Genauigkeit; beim letzten Ton drehen sie sich wie auf Kommando rechtsum und die Doppelthüre klappt zu.

Der Vater hat bei der Garde gedient, und von ihm haben die Töchter nicht nur die schlanke Gestalt, sondern auch die stramme Haltung. Die Mutter dagegen war wohlbeleibt und klein, aber bis in ihre alten Tage hinein voll Rührigkeit. Die jüngere Tochter, Clara, hatte nicht geheirathet, und die ältere schon lange nicht. Es hatte Beiden nicht an Bewerbern gefehlt, aber sie hatten's gut und behaglich, wenn eben auch nicht im Ueberfluß daheim, und immer eine erzählte der andern, wie diese und jene der Gespielen durch Heirath verkommen sei. So blieben sie zum Leidwesen der Mutter ledig.

Die Stube war hell und sauber, vom Ausblick in's Thal gewahrte man aber nicht viel, denn vor dem Fenster blühten Nelken, Levkojen, Geranien und Rosmarin in wilden Büschen; Clärchen, das Kind, hatte eine gute Blumenhand, ihr gedieh Alles.

Die Mutter besorgte den Krautgarten, den Kartoffelacker und die beiden Ziegen im Stall und verrichtete alle Hausarbeit, damit die Kinder beim Handwerk bleiben können.

Die Mutter holte den Rohstoff aus der Fabrik und brachte die fertige Arbeit wieder dahin, nur selten und nur damit sie wieder vom Schraubstock wegkämen, hieß sie eine der Töchter gehen; sie willfahrten gehorsam, aber jeden Pfennig des Verdienstes lieferten sie der Mutter ab, die selbstverständlich Herrin des Hauses war und blieb.

Agathe war nicht eifersüchtig, wenn die Mutter manchmal mit Clärchen, dem Kinde, besonders zärtlich war, sie war nur ärgerlich, daß Clara dadurch verdorben und verwöhnt wurde; sie ließ der Mutter indeß ungestört ihre Freude, und ein Blick der Mutter sagte ihr manchmal: Du weißt ja, wie lieb Du mir bist, aber Du brauchst es nicht so wie die Clara, daß man Dir's zeigt.

Oft wenn die Mutter in der Küche am Herde stand, sang sie leise mit, wenn die beiden Schwestern drin in der Stube sangen; natürlich sang Clärchen, das Kind, die erste Stimme und Agathe mußte mit der zweiten zuhalten. Wenn dann die beiden Trompeter plötzlich drein bliesen, lachten die Kinder in der Stube und die Mutter in der Küche lächelte auch still wehmüthig; sie vergißt es nie und wenn sie hundert Jahre alt wird, welche Freude ihr verstorbener Mann an den Trompetern hatte. Sie ward aber nicht hundert Jahre alt, sondern vierundsiebzig und war gesund und todt binnen drei Tagen, wie man sagt vom Tanz bei der Kirchweih in Schornach her. Sie war freilich nicht selber beim Tanz gewesen, dafür aber die beiden Töchter; die Vatersschwester, eine arme Strohflechterin, die drüben wohnte, hatte nicht nachgelassen, bis die Nichten kamen, und die Mutter hatte auch gedrängt, denn es hieß, der Schullehrer von Schornach, der Wittwer geworden, habe Absicht auf eine der Töchter.

Die Mutter saß still daheim bis spät in die Nacht, die Trompeter bliesen Stunde auf Stunde, die Kinder kamen noch immer nicht und es war doch bitter kalt und sie sind an die Stube gewöhnt. Welche wird er wählen? Oder welcher wird er besonders gefallen? überlegte die Mutter hin und her; beide waren gut und jede hatte etwas Besonderes für sich. Der Mutter wurde ganz wirr von dem vielen Denken, plötzlich lächelt sie, es fällt ihr was Gutes ein. „Die Kinder werden kalt haben, wenn sie heimkommen in die Kammer." Sie klatschte in die Hände, entkleidete sich rasch und legte sich in's Bett der Agathe. Die Trompeter bliesen die zwölfte Stunde, als sie wieder aufstand und sich in's Bett von Clärchen legte. Jetzt kommen sie — husch! schnell in Dein eigen Bett.

„Kinder! Legt Euch schnell, ich hab' Euch Eure Betten gewärmt. Macht rasch, tapfer! Ihr werdet kalt haben."

„Nein, Mutter, wir haben Würzwein getrunken," rief Clärchen mit hellem Tone.

„Wie ist's denn mit dem Schullehrer geworden?" fragte die Mutter.

„Ist nichts," erwiederte Agathe. „Jede hat gemeint, die Andere soll ihn nehmen, aber keine von uns will verheirathete Kindsmagd sein. Das haben wir nicht nöthig. Ach Mutter, wie gut warm ist das Bett!"

„Wir brauchen keine Männer," rief Clara, huschte in's Bett und schlug auf die Decke, „wir haben ja schon, bravere kann's nicht geben; die bleiben, wie sie sind, so ordentlich und kerzengrad' und zanken nie und trinken nicht und kommen jede Stund' und sind lustig. Wie ich ein klein Kind gewesen bin, hat mir der Vater oft gesagt, der rechts heißt Hans und der links heißt Michel."

Es schlug eins, die beiden Trompeter bliesen ihr Stücklein, und als die Thüre zuklappte, rief Clara lachend:

„Gut Nacht ihr Männer! Gut Nacht Hans, gut Nacht Michel."

„Du bist lustig," entgegnete die Mutter.

„Aber Mutter! Ihr schnattert ja und die Zähne klappern wie im Fieber."

„Thut Nichts, wird schon vorübergehen."

Es ging nicht vorüber. Nach drei Tagen war die Mutter, die den Kindern das Bett gewärmt hatte, tobtenkalt.

Clara erzählte den Leidtragenden, wie die Mutter die letzte Lebenswärme für ihre Kinder hergegeben. Agathe fand es nicht nöthig, daß das alle Welt wisse, aber sie schwieg und dachte in sich hinein: sie ist eben kindisch und mag Nichts haben, was sie nicht zeigt und alle Welt schön finden soll.

Als aber Clara immer wieder fast mit einem rührenden Behagen erzählte, wie die Mutter ihre letzte Lebenswärme für die Kinder hergegeben, konnte Agathe nicht umhin, ihr endlich zu sagen:

„Mußt das nicht Jedem und Jedem berichten. Ist schön, daß Du das so einsiehst; aber glaub' mir, ich kenn' die Menschen, es giebt auch solche, die darüber spotten. Sei jetzt nicht gleich so verdrossen, wenn ich Dir was sage."

Clara nickte, sie blieb aber doch verdrossen; die ältere Schwester wird sie jetzt regieren wollen, und sie ist alt genug, sie braucht keine Regierung mehr.

Die Trompeter bliesen wiederum, wie sie's gewohnt waren, ihr Stücklein, Agathe öffnete den Kasten und stellte den Pendel zur Ruhe. „Nichts darf lustig im Hause sein, so lang die Mutter todt da liegt," sagte Agathe.

„Verdirb nur Nichts daran," rief Clara.

„Ich weiß, wie man die Uhr stellt," entgegnete Agathe.

II.

Es war am dritten Tage nach dem Begräbniß der Mutter; die beiden Schwestern standen wie von je an ihrer Werkbank, die alte Base von Schornach war in's Haus genommen und verrichtete die Hausarbeit. Man hörte in der Stube Nichts als das Raspeln der feinen Feilen, der Pendel an der Trompetenuhr stand still, die Trompeter waren verstummt.

„Heut' kommt das Waisengericht," sagte endlich Agathe, „wir werden bald fertig sein, wir lassen Alles beisammen, was brauchen wir theilen? Wer zuerst stirbt, den beerbt das Ueberlebende."

Clara erwiderte Nichts, sie preßte vielmehr ihre Lippen zusammen:

Wunderlich! Es versteht sich doch von selbst, daß die ältere zuerst stirbt; alte Leute wollen aber von so etwas Nichts wissen.

Die Feilen raspelten weiter, Agathe schaute mehr-mals nach der Schwester und war erstaunt über den seltsamen Ausdruck in ihrem Gesichte, der Tod der Mutter hat das Kind doch noch härter angegriffen.

„Wenn's von der Kirche zwölfe schlägt, oder besser, wenn man's pfeifen hört von der Bahn herauf, dann bringe ich meine Uhr wieder in Gang," sagte Clara.

„Deine Uhr? Welche?"

„Meine Trompeter=Uhr."

„Da sag': unsere."

„Nein meine, meine!"

„Wie so denn Deine?"

„O lieber Gott, bist Du denn schon so vergeßlich? Erinnerst Du Dich denn nicht, wie mich der Vater selig oft am Feierabend auf den Schooß genommen und gesagt hat: Ich bin nicht gern Soldat gewesen, es war ein harter Dienst, und jetzt, wenn ich in der Nacht aufwache und meine Trompeter blasen, da ist mir's doppelt wohl in meinem Bett und ich leg' mich auf die andere Seite und denk': ja blast nur, ich hab' gottlob meinen ehrenvollen Abschied. Und wie er das erzählt gehabt, hat er immer gesagt: Jetzt gieb Acht, Clärle, jetzt kommen aus Deiner Uhr die Trompeter heraus."

„Das hat er eben so gesagt, wie man zu einem Kind sagt —"

„Und Du, Du selber hast mir nach des Vaters Tod die Uhr geschenkt —"

„Ich? Das ist unmöglich, das kann mir nie in den Sinn gekommen sein, so wenig, als daß ich die Uhrfedern da für Nudeln halte und in die Supp' thue und esse. Sei kein Kind."

„Ich bin kein Kind, ich weiß was mein Recht ist und ich bestehe darauf und laß' mich nicht unterdrücken. Du glaubst, weil die Mutter jetzt todt ist, muß ich Dein Hudel sein und mir mein Eigenthum nehmen lassen?"

„Ich bitt' Dich, red' Dir Nichts ein."

„Ich red' mir Nichts ein, lasse mir aber auch Nichts ausreden. Ich will Nichts als mein Eigenthum."

„Dein Eigenthum?"

„Ja, ich könnt's beschwören."

„Sag' das nicht, lüg' nicht Dir was auf und mir."

„Ich lüge nicht, ich nicht."

„Aber ich? Schau, wenn Du mich gebeten hättest, was liegt daran, wem sie ist? Ich hätt' Dir meinen Antheil geschenkt, aber jetzt nicht, kein Spähnchen und kein Rädchen geb' ich her."

„O Mutter!" klagte Clara laut weinend. „O Mutter! Daß Du im Grab liegst!"

„Sei still, sei ruhig," beschwichtigte Agathe, „die Waisenrichter kommen."

Die Waisenrichter kamen, und Agathe erklärte, daß sie beschlossen hätten, nicht zu theilen.

„Dann können wir wieder gehen," hieß es. „Du bist einverstanden, Clara?"

„Ja, ja, aber . . . aber die Uhr da, die ist im Voraus mein eigen allein. Ich will nicht davon reden, daß der Vater selig immer gesagt hat „Deine Uhr", das ist wahr, das kann so Redensart gewesen sein, aber sie, die da, sie hat mir die Uhr geschenkt."

„Sie macht Spaß," entgegnete Agathe.

„Ich mach' keinen Spaß," rief Clara und legte die Hand auf das Gehäuse; der Pendel mußte dadurch in Schwingung gekommen sein, die Doppelthüre sprang auf, die Trompeter erschienen und bliesen ihr Stücklein. „Sie sagen Zeugniß für mich," kreischte Clara dazwischen, aber Agathe riß die Tischschublade auf, nahm den Laib Brod heraus, brach ein Stück ab und rief:

„Das soll mein Tod sein, wenn ich ihr die Uhr geschenkt habe," sie steckte den Bissen in den Mund und verschluckte ihn.

„Wenn ihr eben nicht einig seid, müssen wir die Werthsachen versiegeln," sagten die Männer vom Waisengericht, und die Schwestern sahen ruhig zu, wie große Siegel an Kisten und Kasten gelegt wurden.

III.

Die Habseligkeiten waren versiegelt, nicht minder auch Herz und Mund der beiden Schwestern, aber nur von einer zur andern, denn zur Base in der Küche und im Krautgarten und im Stall bei den Ziegen sprachen sie sehr viel; eins klagte über das andere, die ältere über die jüngere, daß sie so einfältig und eigenwillig sei und sich etwas einrede, und die jüngere über die ältere, daß sie so hartherzig und so verleugnerisch sei. Die Base hörte die eine und die andere geduldig an, sie hütete sich aber wohl, der einen oder der andern recht zu geben, sie sagte nur immer: „machet Friede und gönnet den fremden Leuten den Spott nicht." Die Base wollte es mit keiner der Schwestern verderben, denn sie hatte jetzt ein gutes Leben, während sie sich bisher als Strohflechterin armselig ernährt hatte, und nur aus Gewohnheit nestelte sie noch Strohbänder, während sie am Herde stand oder wenn sie auf den Kartoffelacker ging. Nur einmal hinterbrachte sie die Rede der Einen der Andern; sie hatte Clara in's Gewissen geredet:

„Bist Du denn auch sicher, daß die Agathe Dir die Uhr geschenkt hat, ganz heilig sicher und gewiß?"

„O, gute Base! Sie verwirrt mir meinen Kopf, sie bringt mich um den Verstand . . . Manchmal meine ich auch . . . Aber nein, was gesagt ist, ist gesagt und dabei bleibt's und wenn Alles zu Grunde geht, dann hat sie's."

Diese Rede hinterbrachte die Base der älteren Schwester, sie war aber nicht wenig erstaunt, da Agathe lächelnd triumphirte.

„Ich versteh' Dich nicht," sagte die Base, „Du könntest ihr ja nachgeben, sie ist noch ein Kind."

„Sie soll kein Kind sein."

„Wie ich höre, kommt die Sache vor's Oberamtsgericht, und sie wird schwören. Wie kannst Du wegen solch' einer Sache das Seelenheil Deiner Schwester zu Grunde richten?"

„Sie wird nicht schwören, sie kann nicht schwören."

„Und ich sag' Dir, sie wird. Was kann ein Mensch nicht, wenn er seinen Kopf darauf gesetzt hat!"

Agathe blieb hart und starr.

Der Tag kam, da die beiden Schwestern vor das Amtsgericht geladen waren. Es wurde im Hause nicht gekocht, aber im Innern der beiden Schwestern kochte gar Schlimmes.

Clara machte sich zuerst auf den Weg, sie wartete aber hinter einem Busch bis Agathe vorausgegangen war. Clara schüttelte den Kopf über die verwahrloste Schwester; sie kann sich nicht allein die Haare zöpfen, und die Base versteht nicht einmal, einen Bändel zierlich zu knüpfen.

Da, wo der Weg sich scheidet, der steilere und kürzere an der Wallfahrtskirche vorbei, der weitere und sanftere die Kehren der Landstraße dahin, wartete Agathe hinter der Thüre des dort stehenden kleinen Hauses,

sie wollte sehen, ob Clara nicht nach der Wallfahrtskirche gehe und sich da besinne, aber Clara ging den
weiten Weg, und so folgte ihr die Schwester von ferne.

Erst auf dem Flur des Amtsgerichtes sahen die
beiden Schwestern einander, und Agathe schüttelte zornig
den Kopf, daß sich die Schwester so herausgeputzt und
noch dazu in der Trauer. Ja, was kann ein Mensch
nicht, der einen Meineid schwören will!

Die beiden Schwestern wurden in die Amtsstube
gerufen. Der Richter, ein schöner, großer Mann mit
einem Vollbarte und einer tief zu Herzen sprechenden
Stimme, ermahnte die Geschwister zum friedlichen Ausgleich, aber keine wollte nachgeben, jede betheuerte mit
aufgehobenen Händen ihr volles Recht.

„Sie schieben also Ihrer Schwester den Eid zu?"
fragte er Agathe.

„Ja," erwiderte diese, „heißt das, ich meine —
nein, sie kann nicht schwören und sie soll nicht schwören.
Kind! Thu's nicht. Ich ermahn' Dich zum letzten Mal."

„Ich kann nicht schwören?" schrie Clara, „ich kann
und ich will."

Der Richter erklärte die Folgen des Meineids, zu-
nächst die bürgerlichen, dann bedeutete er Clara, an den
Tisch zu treten, wo die Bibel aufgeschlagen war. Agathe
trat hinter die Schwester, ihre Augen rollten, ihre Fäuste
ballten sich. Der Richter machte eine Pause:

„Ich habe noch Formalitäten vergessen. Wie alt
sind Sie, Clara?"

„Siebenunddreißig Jahre."

„Sie lügt!" rief Agathe, „sie wird im nächsten Monat achtunddreißig."

„Ich muß Sie bitten, ruhig zu sein," ermahnte der Richter Agathe, „aber Sie, Clara, möchte ich doch erinnern: Sie sollten nicht schwören."

„Und ich meine, ich soll," entgegnete Clara trotzig. Der Richter wendete sich nochmals an Agathe, indem er sagte:

„Sie als die ältere und vernünftigere sollten ein Uebriges thun und der jüngeren die Uhr schenken!"

„Herr Richter," kreischte Agathe und ward zornroth, „ich bin nicht da hergekommen, mit meiner leiblichen Schwester vor Gericht, um einen Rath zu holen; ich will einen Urtheilsspruch, nachher weiß ich mir schon selber zu rathen."

Der Richter seufzte bitter lächelnd tief auf, bedeutete Clara die linke Hand auf's Herz zu legen, die rechte Hand zu erheben und drei Finger auszustrecken. Clara that wie ihr geheißen. Der Richter sagte nun:

„Sprechen Sie mir nach: Ich schwöre . . ."

„Ich . . ."

„Da hast Du's," rief Agathe und mit einem laut klatschenden Schlag traf sie die Wange der Schwester. „Du sollst nicht in's Zuchthaus und in die ewigen Höllenstrafen kommen. Herr Richter, ich verzichte auf den Eid."

„Dann gehört die Uhr ihr."

„Sie soll ihr gehören."

„Gut, die Sache wäre damit erledigt, aber für Ihre Eigenmächtigkeit vor Gericht muß ich Sie auf vierundzwanzig Stunden in's Gefängniß setzen."

„Was?" rief Clara, „meine Schwester einsperren? Sie darf mir eine Ohrfeige geben und noch eine, wenn sie will, ich dank' ihr dafür. Ich dank' Dir, Agathe, ich dank' Dir tausendmal, ich will gar nichts, Alles ist Dein allein. Komm', wir gehen heim."

„Sie können Ihre Strafe ein ander Mal absitzen," erklärte der Richter lächelnd, „aber erlassen kann ich sie Ihnen nicht."

„Dann lieber gleich."

„Nein," fiel Clara ein, „Herr Richter, sie hat recht gehabt, ich dank' ihr für die Strafe. Muß sie da doch?" —

„Allerdings."

„Dann stecken Sie mich für meine Schwester in's Gefängniß."

„Das kann ich nicht."

„Dann gehen wir vor ein höheres Gericht."

„Für diese Strafe giebt es keines."

„Laß gut sein," bat Agathe und die Wange der Schwester streichelnd, sagte sie „hat's weh' gethan? Hast's verdient und jetzt vorbei; ich geh' in's Gefängniß, geh' Du heim und zieh' Deine Uhr auf, ich schenk' sie Dir."

Agathe wurde in's Gefängniß geführt, aber Clara

ging nicht heim, sie umkreiste das Gefängniß die ganze
Nacht bis zum andern Mittag, und sie kann nicht
genug erzählen, was sie Alles in dieser Nacht gedacht
habe. Am andern Mittag zöpfte Clara in der Stube
des Gefängnißwärters ihre Schwester frisch, und Hand
in Hand gingen die Beiden heim.

Als sie in die Stube traten, sprangen eben die
Thüren an der Uhr auf, und Hans und Michel bliesen
ihr Stücklein, und sie blasen den Schwestern glückliche
Stunden bis auf den heutigen Tag.

Wie der Großvater die Großmutter nahm.

Eine Rheinländische Geschichte.

Jubeltag der goldenen Hochzeit! Das ist wol schön; aber wißt ihr, was fast noch schöner und ergreifender ist?

Der Abend vor der Feier.

Da ist ein Gemisch von Freude und Bangen, von Erwartung und Erfüllung, eine neue Brautzeit.

So sitzt also am Abend der Doctor Richard Menz mit seiner Frau im Kreise der Kinder, der Schwieger=söhne, Schwiegertöchter und Enkel und drei Urenkel sind auch dabei. Neben dem Doctor steht sein ältester Schwieger=sohn, der aus dem Städtchen gebürtige Baumeister Eberhard; beide Männer sind von gleich großer markiger Gestalt. Man sieht dem Doctor seine sechsundsiebzig Jahre nicht an, und er hat es nicht ungern, wenn man ihm betheuert, er könne für einen hohen Fünfziger gelten. Er ist ein großer stattlicher Mann, breit in den Schultern, ein derbes Gesicht mit starker Nase und wulstigen Lippen; eine breite Schmarre auf der linken Wange läßt erkennen, daß er als Student die Waffe führte. Aus den grauen Augen sieht Verstand und

Schelmerei und ruhige Beherrschung des Lebens. Noch ist kein Haar von seinem Haupte gefallen, sein großer Kopf vielmehr dicht besetzt mit schneeweißen aufrecht= stehenden Haaren. Die Großmutter ist eine zierliche Erscheinung, der man noch heute ansehen kann, was für ein feines, anmuthiges Geschöpf sie einmal gewesen sein mußte. Sie trägt eine Art Spitzentuch als Haube, das Tuch ist unter dem Kinn gebunden und rahmt ein Gesichtchen ein, das wie aus Elfenbein geschnitzelt scheint; aber in diesem Gesichtchen ist eine beständige Beweglichkeit, und vor allem die dunkeln Augen flimmern und gehen rasch hin und her. Sie hat ein Urenkelchen auf dem Schoße sitzen, ein Mädchen von etwa drei Jahren, dessen runde Patschhändchen sie manch= mal an die Lippen führt und sich damit die Wange streichelt.

„Nun, Großmutter," begann ein junger Mann von wohlgepflegtem Aeußern, dem man es ansehen kann, daß er aus England herüber zum Familienfeste ge= kommen ist, „nun, Großmutter, Du hast immer ver= sprochen, Du wolltest uns einmal erzählen, wie der Großvater um Dich gefreit hat; jetzt ist die beste Zeit."

Alles vereinte sich mit dieser Bitte, und die Groß= mutter begann:

„Meinetwegen! Richard," sagte sie dann zu ihrem Mann gewendet, „wenn ich etwas nicht recht mehr weiß, hilf mir nach, aber lieber ist mir, wenn Du

mich zuerst auserzählen läßt und dann hinzuthust, was
noch fehlt oder unrichtig ist.

„Also, liebe Kinder, ich bin hier geboren, habe
hier gelebt und will hier sterben. In meiner Jugend
ist nicht jeder junge Mensch und jedes junge Mädchen
schon auf Reisen gewesen; einmal nach Ingelheim oder
gar nach Mainz reisen, das war ein Ereigniß, von
dem man lange vorher und nachher erzählt hat. Doch,
ich will euch nur sagen, damals war's schön, und jetzt
ist es auch schön; die Welt muß immer anders werden,
ihr werdet auch einmal sagen: ‚in meiner Jugend war's
schöner und lustiger‘. Natürlich! weil eben jung sein
schön und lustig ist. Das aber bleibt sich gleich, daß
zwei Menschen einander von Herzensgrund lieb haben.
Da mag die Eisenbahn pfeifen oder das Posthorn
blasen oder der Nachtwächter rufen — den wir jetzt
auch nicht mehr haben —, es ist Alles eins, das
menschliche Herz bleibt eben das menschliche Herz, und
ich wünsche euch, die ihr erst heirathen werdet, daß ihr
eine so glückliche Liebes- und Brautzeit haben sollt
wie wir, und was von Mißverstand und Kummer dazwischen kommt, soll auch so ausgehen wie bei uns.
Und euch Verheiratheten wünsche ich, daß ihr eine so
gute Ehe haben sollt wie wir. Ihr da," sie wendete
sich an das Brautpaar, das abseits saß und morgen
zur goldenen Hochzeit getraut werden sollte, „ihr da,
glaubt mir: das erste Jahr der Ehe ist nicht das glück-
lichste; es geht bei aller Liebe und Güte doch schwer,

sich in einander zu finden, den Eigenwillen abzulegen. Aber, wenn man das erste Jahr recht gut angewendet hat, dann sind die anderen viel besser.

„Aber da bin ich schon wieder einmal im Erklären und Unterweisung geben, und ich will euch doch erzählen. Gut, ich will mich in Acht nehmen, und hört mir zu."

„Meines Vaters Haus kennt ihr; es liegt drunten am Rhein, damals hat man noch vom Fenster aus ein Papierchen können in den Rhein fallen lassen, damals war der breite Damm noch nicht gebaut, der jetzt da ist, mit der schönen Lindenreihe und der Eisenbahn daneben. Mein Vater war Holzhändler, wie Du auch, Peter, und die beiden Gärten, da wo jetzt das Victoria-Hotel steht, die waren voll von aufgeschichteten Borden und von Brennholz. Damals hat man noch nichts von Steinkohlen gewußt, und wenn ich an die alten Zeiten zurückdenke, rieche ich noch immer das harzige Holz, und höre das Klappern und Kollern der Scheite beim Aufschichten der Klafter — heut zu Tage heißt man's Raum-Meter. Mein Vater war der beste Mensch von der Welt, gutmüthiger, rechtschaffener, getreuer hat's keinen gegeben. Aber einen Fehler hat er gehabt, und ich will, daß man auch mir einstmals, wenn ich todt bin, meine Fehler nachsage; mein Vater hat nicht Nein sagen können, er hat tausendmal Dinge versprochen und gewährt, die ihm zum großen Schaden gewesen sind, und wenn er sie nicht hat erfüllen können,

da haben die Menschen — denn so sind sie, sie ver=
geſſen, wenn man Einmal ablehnt, daß man tauſend=
mal zugegeben und ſich aufgeopfert hat — da haben ſie
manchmal geſagt: ‚der Lennig iſt ein harter Mann,
und es iſt kein Verlaß auf ihn‘. Du lieber Gott!
Mein Vater hart und kein Verlaß auf ihn!

„Jetzt alſo, wie ich 13 Jahre alt war, da iſt meine
Mutter geſtorben, ſie iſt leider Gottes immer kränklich
geweſen und in den letzten drei Jahren gelähmt, und
mein Vater hat ſie wirklich auf den Händen getragen;
er hat ſie gehoben und gelegt und getragen wie ein
klein Kind.

„Mein Vater war ein bißchen ein Freigeiſt; er hat
die Franzoſen gar gern gehabt, heißt das, er war ein
guter Deutſcher, aber er hat immer geſagt: ‚von den
Franzoſen kommt Alles, was frei iſt; wenn die Franzoſen
nicht gekommen wären, ſo wären wir noch Sklaven.‘

„Meine Mutter aber war gar fromm, ich habe
jeden Tag zur Meſſe gehen müſſen und bin auch gern
gegangen und habe auch für ſie gebetet, und das hat
mir gut gethan bis auf den heutigen Tag. Glaubt
mir, Kinder, es giebt viele Menſchen — euer Groß=
vater ſelber iſt ja ſo — die Nichts mit der Kirche zu
thun haben, und ſie können doch brav und glücklich
ſein, aber mir hat’s eben gut gethan; es hat mir jeden
Tag das Herz geſtärkt, daß ich meine gute Kirche habe,
und da wird Muſik gemacht, und da weiß man Nichts
von Streit und Sorgen, und Jedes gönnt dem Andern

sein Theil an der himmlischen Seligkeit, und je mehr daran Theil haben, sie wird nicht minder, im Gegentheil immer größer.

„Wenn ich aus der Kirche heimgekommen und zuerst mit meinem Gott in Ordnung bin, hat mir das Frühstück doppelt geschmeckt. Der Großvater hat mich nie da drin gestört, und wenn er auch ein Ungläubiger ist, er ist doch —"

Hier unterbrach der Doctor und sagte:

„Traudchen, Du hast ja erzählen und nicht Lehren geben wollen."

Es war ein milder herzinniger Ton in der Art, wie er das sagte. Die Großmutter nickte und bat, daß man ihr das Kind abnehme — das auf ihrem Schoß eingeschlafen war — und es zu Bette bringe. Sie hielt eine Weile inne, bis die Mutter des Kindes zurückkam, Niemand von den Versammelten sprach ein Wort, die Großmutter knüpfte sich ihre Spitzenhaube wieder auf und zu, und als die Tochter eintrat, fuhr sie fort:

„Also, meine Mutter ist todt, und eine ältere Schwester meines Vaters, die Tante Rike, die schon während der Krankheit der Mutter das Hauswesen geführt hat, übernimmt dasselbe nun völlig.

„Einmal, wie ich in der Kammer bin, höre ich, wie der Vater sagt, daß er nie mehr heirathe, und er hat das gehalten; er ist seinem Geschäfte nachgegangen und hat Abends seinen Schoppen getrunken im Lamm, das ist jetzt das Hotel de l'Europe, das war damals noch ein Fuhrmannswirthshaus, aber mit großen Schoppen, die heutigen Tags auch abgekommen sind.

„Ich war gefirmt. Damals hat man noch Nichts davon gewußt, daß man Bürgerkinder in ein Institut oder in ein Kloster schickt, damit sie französisch und allerlei lernen; ich bin eben zu Hause geblieben und habe in der Wirthschaft geholfen und auch in unserem Bretterhandel. Das habe ich ganz gut verstanden; im Kopfrechnen ist mir Niemand zuvorgekommen — mit dem heutigen Geld komme ich freilich nicht mehr so zurecht.

„Wie ich mir die Hände verbrüht habe, das wißt ihr.“

Das jüngere Geschlecht erklärte, daß sie es nicht wüßten, und die älteren betheuerten, daß sie es gern noch einmal hörten. So fuhr denn die Großmutter fort:

„Eines Tages — ja den Tag werde ich nie ver= gessen — ich habe eine frische Schürze um, von blau= und weißbedrucktem Zeug, sie ist noch ganz glänzig mit einem Brustlatz, da gehe ich durch unsere Küche, wir haben einen Herd gehabt mit zwei Etagen, und da höre und sehe ich, wie ein Topf überläuft, ich eile hinzu, nehme ihn heraus und will ihn anders stellen, da schwappt das kochende Wasser heraus und mir über die Hände. Da seht her, hier an den beiden Handgelenken könnt ihr noch die großen Narben sehen. Ich verbrenne mich schrecklich, meine Schürze hat sich

in dem Riegel am Herd verfangen, und ich kann nicht
davon, aber ich habe noch Geistesgegenwart genug
und schiebe den Topf wieder zurück und reiße mich
los. In diesem Augenblick geht mein Vater durch die
Küche, ich habe gar nichts gespürt als die Angst, daß
mein Vater mich auszanken wird. Ich stecke also die
Hände unter die Schürze und halte mich steif. Der
Vater geht durch die Küche und sieht mich an, und
ich halte an mich, und er geht weiter, aber jetzt schrei'
ich auf vor entsetzlichem Schmerz und falle gerade-
wegs in der Küche um.

„Man bringt mich in die Stube, und da zeigt sich
was geschehen ist. Der Doctor wird gerufen, das
war der Vater vom Richard, und ich habe geschrieen,
daß es die Schiffer am Rhein draußen gehört haben,
und daß die Knechte aus dem Holzhof heraufgekommen
sind. Der Doctor sieht mich an, und ich höre noch,
wie er sagt: ‚Da wird nicht zu helfen sein, die Haut
ist ab, und die nackten Sehnen sind sichtbar; das Kind
ist verloren.‘ Er ordnet indeß Mittel, ich habe Alles
gehört, was vorgeht, aber ich habe nicht reden können.
Er deckt mir die Wunde mit Lappen zu, auf die eine
Salbe geschmiert ist, und befiehlt, daß man immer
von Minute zu Minute nasse Tücher auflegen solle,
aber ja nicht in die offene Wunde, sondern nur auf
die Salbe. Kaum hat man die Tücher aufgelegt, so
sind sie heiß, und man muß sie abnehmen, um andere
aufzulegen.

„Drunten auf dem Rhein hat gerade ein großes Floß gehalten, das nach den Niederlanden geht. Unser Holzknecht kommt mit dem Führer des Flosses, einem großen Mann mit einem weißen Bart und einer rothen Weste — ich sehe ihn noch vor mir — und unser Holzknecht sagt, der Schwarzwälder könne durch Sympathie alle Wunden heilen. Mein Vater aber sagt: ‚Ich leid's nicht. Wir Rheinländer glauben nicht an solche abergläubische Sachen.' Der Schwarzwälder mit dem weißen Bart und der rothen Weste geht also wieder fort, und die Tante Rike sagt, man hätt's doch probiren können, weil doch sonst nichts mehr hilft. Der Vater aber ist bös geworden und sagt:

„‚So seid ihr Betschwestern, ihr glaubt zuletzt noch an alte Flötzer.'

„Ihr werdet selber noch sehen, was es mit dem Kirchenglauben der Tante Rike auf sich hat.

„Was ich gelitten, ich kann es nicht sagen, und der Vater ruft weinend:

„‚Das arme Kind hat's noch vor mir verleugnen wollen, und daß das Kind so Etwas hat verbeißen können, das hat's doch von mir.'

„Die ganze Nacht hat man mir die Umschläge gemacht, und ich habe gesehen, wie mein Vater hinterm Tisch sitzt und sich nicht rühren und regen kann und immer auf mich hinstarrt. Gegen Morgen habe ich wieder so entsetzliche Schmerzen, daß man nach dem Doctor schickt, aber der hat damals schon am Asthma gelitten und kann nicht kommen; glücklicher Weise ist aber sein Sohn Richard da, ein ganz junger Doctor, der sich damals eben erst im Städtchen niederlassen will.

„Nun müßt ihr wissen, ich hab' den Doctor jetzt nicht zum ersten Male gesehen; das Nannchen, seine Schwester, die nachmals an den Geschirrfabrikanten in Lorch verheirathet ist, sie ist ja die Schwiegermutter von dem Karpfenwirth in Mainz — die Karpfen= wirthin will morgen auch kommen — also das Nannchen war meine Schulkameradin, und ich bin viel im Haus beim Doctor, und wir zwei Mädchen sind miteinander im Städtchen herumgetrollt, so gut wie ihr es heute macht, und auf der Schloßruine — sie ist damals noch nicht wieder aufgebaut gewesen — haben wir Räuber gespielt mit den Buben, und die Buben haben uns gefürchtet.

„Das war nun freilich nach der Firmung jetzt vorbei und anders, wir sind still daheim geblieben, wie es sich für herangewachsene Mädchen gebührt.

„Der junge Doctor hat mich jedes Mal geneckt, so oft er mir begegnet ist; er hat mich nie anders ge= heißen als: Backfisch.

„Also der kommt! Mitten in meinen Schmerzen sage ich mir: dem sagst du gar nichts, mit dem redest du kein Wort. Ja, liebe Kinder! Es giebt zweierlei Geister in einem Menschen. Der Doctor Richard unter= sucht meine Wunde und schüttelt den Kopf mit seinen aufrechtstehenden Haaren — sie sind aber da=

mals noch ganz braun gewesen — und sagt: ‚Das ist
der schwarze Brand.‘ Denn die Salbe war weggezogen,
und die Leute haben mir das kalte Wasser auf die
offene Wunde gelegt. Jetzt — er war eben von Berlin
gekommen, man hat allgemein gesagt, er habe etwas
Rechtes gelernt — ich sehe noch, wie er den Rock auszieht und mir die Salbe auflegt, die plötzlich von der
Hitze erhärtet, und da hat er sie von Minute zu
Minute mit Baumöl aufgelöst.

„Er ist den ganzen Tag da geblieben und hat
immer Alles selber gemacht, aber einmal höre ich, wie
die Leute sagen: Ach Gott, sie ist todt! Ich hab's
doch gespürt, daß ich's nicht bin, und hab's nicht
sagen können. Seht, das ist eine Strafe, eine harte,
fürchterliche Strafe; in meiner kindischen Dummheit
habe ich mit dem Doctor nicht reden wollen, weil er
mich einen Backfisch geheißen, und jetzt, jetzt kann ich
nicht reden."

„Du hast nichts geredet, hast mich aber doch herzlich angesehen," unterbrach der Doctor.

„Laß mich ruhig weiter erzählen," beschwichtigte
die Großmutter, die Hand darreichend. „Also man
hält mich für todt. Ich hab' weiter nichts gewünscht,
als wenn es nur wahr wär'. Ich bin aber wieder
aufgewacht, und das erste Wort, das ich habe reden
können, war: ‚Ich bin nicht todt,‘ und der Richard
sagt zu mir: ‚Ja wohl, Sie sollen leben und sollen
gesund leben; es wird Alles wieder gut.‘

„Sollte man's glauben, Kinder, daß es mich am meisten gefreut hat, daß er Sie zu mir sagt? Er hat mich immer geduzt, als wenn sich das von selbst verstände, und jetzt bin ich auf einmal eine erwachsene Respectsperson. Ja, Kinder, ich hab' eine Minute gar nicht mehr gewußt, daß ich krank bin, und ich will euch auch meine Krankengeschichte nicht weiter erzählen. Wie ein Wunder ist's Allen erschienen, daß ich mit dem Leben davon gekommen bin. Aber wie ich mich zum ersten Mal wieder aufrichten kann und meine Hände sind da an der Handwurzel ganz krumm, da hör' ich meinen Vater klagen und weinen fast noch ärger als damals, wo er mich todt geglaubt hat.

„Der Doctor aber beruhigt mich und sagt: ‚Sie werden wieder Clavier spielen können so gut wie Eine.' Die Mühe, die er sich mit mir gegeben hat, ist gar nicht zu sagen. Und doch müßt' ich lügen, wenn ich sagen wollte, ich hätte ihn damals schon gern gehabt, und es wäre mir damals der Gedanke gekommen, den mußt du heirathen, wenn du groß bist. Mich hat nichts so sehr gefreut, als daß er mich so ehrerbietig wie eine große Person behandelt. Ich habe auch gern zugehört, wie der junge Doctor meinem Vater erklärt, daß wir Deutschen nicht auf die Franzosen zu sehen haben, sondern selber aus uns was machen müssen. Einmal wie der Richard fortgegangen war, sagt mein Vater: ‚Der junge Doctor ist doch ein

ganzer Mann.' Das hat mich sehr gefreut, mehr, wie
wenn er mich selber gelobt hätte.

„Nun habe ich noch lange liegen müssen, und der
Doctor hat schöne Bücher und hat mir eins nach dem
andern gebracht. Das erste, was er mir gebracht hat,
war Schiller's Wilhelm Tell, und wie ich's ausgelesen
habe, fragt er mich, was ich davon denke. Ich weiß
nicht mehr, was ich Alles gesagt habe, aber ich habe
ihm geradezu meine Meinung gesagt. Er hat mir auch
noch andere Bücher gebracht, gleich darauf die Lebens-
geschichte von Joachim Nettelbeck. Seht, diese beiden
Bücher — er hat sie mir nachmals geschenkt, sie stehen
noch dort, und ihr werdet sie in Ehren halten — ihr
könnt gar nicht denken, was mir in meinem Köpfchen
da herumgegangen ist. Da ist der eine dort oben in
den Schweizer Bergen, von wo unser Rhein herkommt,
und der ist so tapfer und so gradaus, und da ist der
andere da drüben an der Ostsee, er hat viel Unglück
in seiner Familie, aber wie brav, wie tüchtig, wie
kerngesund ist er, und wie viel Gutes bringt er zu
Stande. Der Doctor hat gelacht, hat aber doch dabei
meine Hand gestreichelt, wie ich ihm gesagt habe: ich
möcht' dabei sein und zuhören dürfen, wie der Tell
und der Nettelbeck im Himmel mit einander reden.
Und was für eine Religion der Tell gehabt hat, und
was für eine der Nettelbeck gehabt hat, davon hat
man damals gar nicht geredet. Es ist nicht so gewesen wie heutigen Tages, wo das das Erste ist, wo-

nach man fragt, und ich meine, es wird auch wieder
anders.

„Ja, ich muß aber weiter erzählen.

„Nun hat mir der Doctor immer ein Buch
nach dem andern gebracht und mich über Alles aus-
gefragt, und ich einfältiges Kind hab' gar nicht gemerkt, wie er mich auskundschaftet und mich erzieht.
Woher hätt' ich es auch merken sollen? Als ich
wieder gesund war, hat er sich gar nicht mehr um mich
bekümmert. Guten Tag, Jungfer Traubchen, guten
Tag, Doctor — das war das Ganze, was wir Monate
lang mit einander geredet haben; aber ich habe nun
von Nannchen gewußt, wo seine Bücher sind, und
habe heimlich eins nach dem andern geholt und hab's
wieder hingestellt. Der Schelm hat gethan, als ob er
nichts davon wüßt', er hat's aber doch gewußt. Nun
findet sich's, daß wir uns überall getroffen haben, wo
wir hingegangen sind.

„Bei den Gemüsefrauen am Markt, wenn 'ich
eingekauft hab', da steht unversehens der Doctor und
lacht, wie ich mit den Bauerweibern zu markten weiß.
Beim Vetter Hutmacher, bei dessen Frau ich nähen
und steppen lerne, tret' ich ein, da ist der Doctor
da. In unserm Holzgarten, wo ich Bretter verkaufe
und den Leuten zu sagen weiß, was sich gehört, da sehe
ich auf, mein Doctor steht am Zaun und macht große
Augen. Könnt euch denken, daß ich was gemerkt hab',
aber ich hab' nichts gesagt und er hat auch nichts gesagt.

„Es war im Frühling, da begegnet er mir ein=
mal und sagt: ‚Gehen Sie nicht bald wieder einmal
nach Gaulsheim zu Ihren Verwandten?' Und da sag'
ich: ‚Kann sein,' und wir gehen weiter.

„Am zweiten Tag geh' ich nach Gaulsheim und
hab' ein Körbchen am Arm und will Butter von dort
mitnehmen. Ich sehe mich um, ob der Doctor nicht
kommt. Er kommt nicht. Ich ärgere mich über ihn
und sage: ich will nichts von ihm wissen. Aber wie
ich bei den Verwandten in Gaulsheim bin, da tritt
der Doctor ein und sagt: ‚Was geben Sie mir, wenn
ich Sie mitnehme und nach Hause begleite?' — ‚Gar
nichts,' sage ich, ‚so wenig als ich von Ihnen was
will.'

„Wir gehen nun mit einander, und auf dem Wege
war er so lieb und so gut, aber wir sind dabei so
schnell gelaufen, ich weiß nicht warum, wir sind ge=
laufen, wie wenn uns Jemand triebe, und keins hat
dem andern gesagt: wir wollen doch ruhiger gehen.
Immer besser und herzlicher hat er gesprochen, aber
gar nichts von Liebe, kein Wort; nur immer, wie
es so schön sei, wenn man heiter und zufrieden;
damals zum ersten Mal hab' ich's gesehen, daß es ein
gelehrter Mann ist, ein studirter, der ein rechtes Herz
hat. Wie ich heimgekommen bin, bin ich meinem
Vater um den Hals gefallen und habe gesagt: ‚Vater,
wenn ich einmal heirathe, muß es so einer sein wie der
Doctor.'

„Mein Vater hat mir gesagt: ‚Das hat noch gute
Weile, du bist noch ein Kind, schlag' dir ja solche Sachen
aus dem Kopf.‘ Er hat das aber so gesagt, daß ich
gesehen habe, er hat nichts dagegen, und warum soll
er auch?

„Nun hat's keine Lustbarkeit gegeben, keinen Tanz,
keine Kirchweih, keine Rheinfahrt, wo ich nicht mit
dem Doctor zusammen gewesen bin und die anderen
Kamerädinnen und Kameraden auch. Auf der Rheinau
da droben — sie ist damals viel größer gewesen, und
man hat damals von der Rheinregulirung noch nichts
gewußt — da sind wir jungen Leute aus dem Städt=
chen so lustig gewesen wie die Vögel auf dem Baum
und in den Hecken, und Alles in Ehrbarkeit und in
einer Genügsamkeit, man kann sich das heutigen Tages
gar nicht mehr so denken. Die lustigen Streiche und
Spiele hat der Doctor anzugeben gewußt, und damals
hat er auch noch schön gesungen, und wir haben alle
seine Studentenlieder von ihm gelernt. Die Tante
Rike war arg bös darüber und hat immer gesagt:
‚Das geht nicht, es ist eine Schande, das schickt sich
nicht, man kommt in's Geschrei,‘ und wie die Sachen
alle heißen.

„Jetzt ist also wieder Winter geworden.

„Eines Tages sagt mir der Doctor, daß er und
seine Kameraden eine Schlittenfahrt machen wollen;
jeder habe sein Schätzchen dabei, und er wolle mich
auch einladen. Damals zum ersten Mal hat er mir

gesagt, daß ich sein Schätzchen sei, und er hat Alles
gesagt, und ich hab's gehört, wie wenn er's schon
hundertmal gesagt und ich's schon hundertmal gehört
hätte. Ich sag' nun: ‚Das geht nicht, mein Vater
leidet's nicht und die Tante Rike erst recht nicht.'
Was macht aber mein Doctor? Er schickt meinen
Vetter, den jungen Hutmacher, der mich einladet, und
der Doctor ladet den Schatz vom Hutmacher ein.

„An dem Morgen, wo ich weiß, daß sie kommen,
sag' ich's meinem Vater im Voraus, und er will
eigentlich nicht Nein sagen, aber die Tante Rike sagt:
‚Sie leide das nicht. Und weil mein guter Vater nicht
Nein sagen kann, setzt er seinen Hut auf und sagt:
‚Ich muß nach Gaulsheim, und wenn sie kommen, sagt
ihnen die Tante, das ginge nicht, und du, Traudchen,
sagst, du wärst nicht ganz wohl.'

„Ich merke natürlich, daß er nicht Nein sagen
kann. Ich renne schnell hinüber zum Nannchen und
sage ihr, sie sollen schnell kommen, bevor der Vater
nach Gaulsheim geht. Kaum bin ich wieder zurück
und in der Küche, da hör' ich die jungen Leute schon
die Treppe heraufkommen. Sie bringen dem Vater die
Sache vor und drei ehrbare Mütter sind als Ehren-
frauen dabei. Der Vater sagt: ‚Es geht nicht, mein
Traudchen ist krank.' Wie ich das in der Küche höre,
geh' ich in die Stube, und der Vater sagt: ‚Nicht wahr,
Traudchen, du bist nicht ganz wohl?' Er hat selber
gelacht, wie er mich so fragt, und ich hab' natürlich

auch gelacht, und die Tante Rike hat ein bös Gesicht
gemacht, hat aber nichts dagegen thun können, und
kurz, was hat mein Vater machen wollen? Er hat's
eben zugegeben.

„Am Nachmittag sind wir in zwei sechsspännigen
Schlitten nach Büdesheim gefahren, wir waren sechs
junge Paare und zwei Mütter dabei. In Büdesheim
war schon Alles bereitet, und da haben wir Punsch
getrunken, haben Pfänderspiele gespielt, haben gesungen
und getanzt, und Lustigeres kann's nichts geben, als
wir gewesen sind.

„Jetzt war aber die Sache doch schon vor aller'
Welt am Tag, und wie wir hineingefahren sind in
der Kälte — aber wir haben Alle geglüht —, da haben
wir uns den ersten Kuß gegeben, und am Tag darauf
ist der alte Doctor gekommen und da ist beschlossen
worden, man macht noch nichts öffentlich, man wartet
bis Ostern, da werde ich erst achtzehn Jahre alt.

„So! Jetzt meint ihr, es wäre Alles schön und
glatt? Ja, jetzt kommt's aber erst.

„Ich bin natürlich unserm Herrgott dankbar, daß
er mich so glücklich machen will, und bin so froh, daß
ich das Haus von unserm Herrgott weiß und ihm da
danken kann Tag für Tag. Den Kirchberg hinan bin
ich gegangen, wie wenn ich gar nicht ginge, es trägt
mich Jemand, und die Orgel hat noch nie so schön
geklungen und die heilige Handlung ist erst jetzt recht
heilig.

„Eines Tages sage ich zu Richard: ‚Ich hab'
dich' — wir haben uns heimlich geduzt — ‚ich hab'
dich noch nie in der Kirch' gesehen.'

„‚Und du wirst mich auch nicht drin sehen,' sagt er.

„‚Das ist nicht dein Ernst.'

„‚Das ist mein Ernst. Ich hab' nichts dagegen,
daß du gehst —'

„‚Bedank' mich recht schön, ich ließe mir's auch
nicht wehren; aber du! hast du denn gar keine Seele
und Seligkeit? glaubst du denn gar nichts?'

„‚Ich glaub', daß du ein braves Mädchen bist
und eine brave Frau wirst,' sagt er.

„Ich lasse mich aber damit nicht abspeisen und
rede ihm in's Gewissen, was ich nur vermag, ich sag'
ihm: ‚Du kannst doch mir zu lieb in die Kirche
gehen.'

„‚Ich thu' dir zu lieb, was du willst,' sagt er,
‚ausgenommen eines, ich lüge nicht, und wenn ich das
thue, so wär's gelogen.'

„Ich rede ihm nun immer mehr zu, aber er lacht
und sagt:

„‚Beweise du deine Liebe und Geduld, wie du
meinen Unglauben erträgst, ich will sie beweisen, wie
ich deinen Glauben ungestört lasse.'

„War nun das nicht gut und getreu gesprochen?
Aber ich hab's damals nicht verstanden und hab' ihm
arg zugesetzt mit Einreden. Da sagt er:

„‚Du bist ein gutes Kind, du wirst doch nicht

glauben, daß du mich bekehren kannst? Ich hab'
studirt —'

„Und ich hab' nicht studirt,' sag' ich, ‚aber ich
weiß doch, was sich vor Gott und den Menschen gebührt.'

„In meinem Zorn lasse ich ihn stehen und
rede nichts mehr mit ihm, und wie er andern Tags
wieder kommt, gehe ich in meine Kammer und lasse
mich nicht sehen, bis er fort ist.

„Jetzt, Kinder! Jetzt kommt meine Dummheit.
Ich hab' der Tante Rike mein Elend vorgejammert.
Sie hat den Doctor nie gern gehabt, er hat sie immer
ausgelacht, wenn sie ihm über allerlei Leiden geklagt
hat; jetzt hat sie mir gestanden, daß sie den Doctor
darum nicht möge, weil sie schon lange gewußt habe,
was für ein Ketzer er sei. Sie hat mich natürlich in
meinem Zorn bestärkt und hat mir gesagt, daß ich
mir den Himmel verdiene, wenn ich den Doctor be-
kehre, und daß ich Gott das Opfer bringen müsse, ihn
aufzugeben, wenn er ein hartnäckiger Sünder verbleibe.

„Liebe Kinder! Zehn Tage lang habe ich kein
Wort mit ihm geredet, und wenn ich ihm begegnet
bin, habe ich weggesehen.

„In diesen zehn Tagen, Kinder! habe ich mehr
gedacht als mein ganzes Leben vorher. Warum ist
denn nicht Alles gläubig auf der Welt? Was giebt's
denn Besseres? Aber wenn er nicht gläubig sein kann,
da kann er doch nichts dafür?

„Die Tante Rike hat mich natürlich noch mehr aufgehetzt, aber sie hat's verdorben, weil sie gesagt hat, die Ungläubigen seien schlecht. Nein, das ist er nicht, er ist gut gegen alle Menschen, gegen hoch und nieder, bei Tag und Nacht, in Wind und Wetter. Aber warum ist er nicht gläubig? Warum leidet das Gott? Aber wenn Gott den Richard gläubig haben will, warum macht er ihn nicht dazu? Er ist doch all= mächtig. O, Kinder! Ich bin fast selber eine Ketzerin geworden, und ich habe in der Nacht geweint, weil er die Sündenschuld hat, daß ich auch ungetreu im Glauben werde.

„Aus den hinteren Fenstern unseres Hauses sieht man nach dem Hause des Valentin, das ist ein Jude und ein braver Mann und hat zwei Töchter. Da sehe ich jeden Mittag den Doctor in's Haus gehen, er bleibt lange und es ist doch Niemand krank im Haus. Was hat er da zu thun? Wer weiß, vielleicht heirathet er eine Jüdin. Warum nicht? Er hat ja gar keine Religion und er kann auch Jude werden, warum nicht? Es sind zwei nette Haustöchter da, besonders die eine."

Ein allgemeines Gelächter unterbrach die Erzählerin, sie schaute verwundert um und der Schwiegersohn sagte:

„Mutter! Zwei nette Mädchen, besonders die eine! Das ist eben zum Lachen."

„Meinetwegen! Laßt mich weiter erzählen und guckt mir nicht so auf die Worte. Ich werde bis

morgen früh nicht fertig, wenn ich euch all die Flausen
erzähle, die mir durch meinen dummen verwirrten Kopf
gegangen sind. Ich gehe zum Nannchen und frage,
was vorgeht; sie erzählt mir, es sei arg, der Richard
wolle als Doctor zu den Türken — es war damals
auch ein Türkenkrieg.

„Lieber Gott, was habe ich Alles angerichtet!
Jetzt geht er zu den Türken und wird vielleicht ein Türke.

„Wie ich heimgehe, rumpelt eine Schicht Bretter
in unserm Holzgarten zusammen, und ich hab' gemeint,
die ganze Welt stürzt ein.

„Ich hab' Tag und Nacht keine Ruhe mehr gehabt.

„Ich würde es selber nicht glauben, wenn ich's
nicht erlebt hätte. Die alten Narben brennen mich,
und im Traume war ich wieder verbrannt und höre,
wie sie sagen, ich sei todt, und ich kann nicht reden
und da steht plötzlich Tante Rike vor mir und weckt
mich, zur Frühmesse zu gehen.

„Also ich gehe um die Weihnachtszeit Morgens
vor Tag in die Frühmesse, und was sehe ich? Den
Doctor! Er hat einen schweren Schritt, natürlich, er
geht auch zur Kirche; er hat seinen großen langen
Mantel an mit dem Pelzkragen. Er geht langsam,
das ist die rechte Art von einem, der seine Sünde be=
reut. Ich gehe schneller und sage: ‚Guten Morgen,
Richard!' Er sagt nichts. Ich denke: trutz du nur,
ich thue nicht mehr mit. Ich leg' also meine Hand in
seinen Arm. Er brummt was wie: ‚Aber, was ist das?'

„Ich sag' ihm: ‚Rede du nichts, mir ist das Herz so voll, hör' mich an, du bereust und ich auch, wir haben Beide gefehlt.'

„Wie ich das sag', schiebt er den Arm weg, und wer ist's? Der Pfarrer ist's, nicht der Richard. Könnt euch meinen Schreck denken. Aber es hat nicht lange gedauert. Der Pfarrer sagt, er habe gehört, warum ich mit dem Doctor entzweit sei, und seht! Das war ein besonderes Glück, es war keiner von den Hetzern und Brandstiftern, die noch Oel in's Feuer gießen, im Gegentheil, er sagt mir:

„‚Wenn es wahr ist, daß der Doctor nichts von der Kirche wissen will, da könnte er erst recht grimmig dagegen werden, wenn er sieht, daß ein liebendes Herz ihn wegen Glaubenssachen verwirft und daran sind dann Sie schuld. Ich habe mehr Respect vor ihm, der ehrlich von der Kirche wegbleibt, als vor Vielen, Vielen, die zum Schein kommen. Hat unser Herrgott Geduld mit ihm, so müssen Sie sie auch haben.'

„So und noch viel hat der Pfarrer, der gute, in mich hinein geredet. Er ist leider todt; er ist in Con= stanz gestorben auf einem Besuch bei seinem Freunde, dem Bischof Wessenberg. Wenn er noch lebte, ließen wir uns morgen noch einmal trauen; so aber unter= bleibt's. Eindringlich hat er damals mit mir gesprochen bis an die Kirchenthür und mich zum Frieden ermahnt, und ihr könnt euch denken, daß ich nie in meinem Leben frommer und glückseliger in der Kirche war als damals.

„Die Kirche war aus, was mache ich nun?"

Ich sehe das Fuhrwerk vom alten Doctor vor dem Hause des Notars. Ich frage den Kutscher — ich kenne ihn ja gut — ‚Joseph, ist der alte Herr oder junge da oben?'

„‚Der junge Herr.'

„‚Wohin geht's?'

„‚Nach Büdesheim.'

„Ich sag' dem Kutscher, er soll dem Herrn nichts sagen, und setze mich in den Wagen. Ich sitze nicht lange, da kommt er, und ich sage nichts als: ‚Guten Morgen, Richard,' und was wir dann mit einander geredet haben, das braucht ihr just nicht zu wissen, ich weiß es ja auch nicht mehr. Ich hab' ihm Alles erzählt, wie es vorgegangen ist, und wir fahren so die Straße dahin. Plötzlich läßt der Richard Halt machen und sagt: ‚Das geht doch nicht, der Patient in Büdes-heim hat keine Eile; ich bringe dich heim.' Er hat noch liebe Worte dazu gesagt, aber das braucht ihr just nicht zu wissen, und wie wir wieder an dem Hause des Notars vorbeikommen, sagte er: ‚Da droben liegt der erste Knabe, dem ich zum Leben geholfen habe.' Und wißt ihr, wer das ist? Da unser Schwiegersohn, der Eberhard, und wir sind Gevatter bei ihm gestanden...."

„Und wie war's denn mit den beiden Töchtern Valentin's, von denen die eine, wir wissen nicht welche, besonders nett?" fragte eine schelmisch dreinschauende junge Enkelin.

„Wir haben französische Conversationsstunde mit einander gehabt," erwiderte der Doctor.

Lächelnd fügte die Großmutter bei: „Und jetzt ist's genug, es ist schon Mitternacht. Hab' ich was vergessen, Richard?"

„Nein, nichts Besonderes," schloß der Doctor, reichte seiner Frau beide Hände und half ihr auf vom Stuhle; die Geschichte hatte sie doch etwas ermüdet, aber ihr Auge glänzte hell, und die beiden Alten schauten ein= ander an mit einem Blicke, der alles Unaussprechliche sagte.

„Jetzt laß mir auch ein Wort," sprach der Doctor und hielt die Hand seiner Frau. „Ich muß dir etwas sagen, was ich dir noch nie gesagt habe. Ich denke aber, es schadet jetzt nichts mehr; du wirst auf deine alten Tage nicht stolz und nicht anders werden. Kinder! daß die Großmutter so den Schmerz verwinden und sich selbst hat beherrschen können, das hat mir schon damals gezeigt, daß sie ein starker, fester Charakter ist bei all ihrer Zartheit und es hat sich bewährt in tausend Fällen. Brauchst nicht roth zu werden, Traud= chen; aber es steht dir gut. Und nun gut' Nacht, ihr Alle, morgen ist auch ein Tag."

„Halt! Noch eine Minute Geduld!" rief der älteste Schwiegersohn, „jetzt ist also der Tag der goldenen Hochzeit bereits angebrochen. und ihr stimmt Alle mit mir ein in den Wunsch: Möge die Mutter noch viele, viele Jahre unserm Vater so wie damals zurufen können: Guten Morgen, Richard!"

Die Vergolderin.

Eine rheinländische Geschichte.

O du wonniges Wandern am Rhein, heiteres Schauen über den Strom, über Rebhügel, Wälder und Burgen! Dem Menschen das Schönste ist aber doch immer der Einblick in menschenerfüllte Städte, wo arbeitsame und frohgelaunte Familien daheim sind. Das ist auch erfrischend, wie wenn du den Wein getrunken, der hier an den Geländern wächst — aber natürlich, Wein gehört auch dazu, denn vom Erzählen allein löscht sich der Durst nicht.

Und so war's eine Freude, im Hause eines jungen Paares zu verweilen.

Vorn nach der Straße ist ein Kaufladen mit Goldrahmen und Schnitzwerk aller Art, nach der Rheinseite hin ist oberhalb der Werkstatt ein gar behagliches Stübchen, sieht fast wie ein Schmuckkästchen aus; aber die jungen Leute bewohnen es nicht selber, das ist immer nur bereit für einen Gastfreund.

Der Leser darf nun hier auch Gastfreund sein, und das ist das Schöne, tausend und abertausend, die das nun lesen werden, verengen den Platz einander nicht.

7 *

Der Hausherr hat Feierabend gemacht, die Frau hat den Laden geschlossen und die Kinder zur Ruhe gebracht, auf dem Tisch am großen Fenster steht eine Flasche Wein und in den drei Gläsern blinkt's golbig. Wir stoßen an und der junge Mann, er ist großen und kräftigen Körperbaues — erklärt sich bereit, heut Abend zu erzählen.

Die Frau geht ab und zu und das ist gut, denn der Mann kann dann um so unbefangener erzählen, und er beginnt also:

„Freut mich, daß Ihnen der Wein mundet, ist kein großer Wein, aber eigen Gewächs, kein falscher Tropfen drin. Wir haben den Weinberg vom Oheim geerbt. Der Oheim hat die größte Zeit seines Lebens auf dem Wasser zugebracht, hat sich aber immer besonders dessen gefreut, daß er ein schön Stück festen Boden sein eigen nennen konnte, darauf das fröhliche Getränk wächst. Der Oheim hat's noch erlebt, daß wir hier durch die Wand das Fenster gebrochen haben, er hat bis zu seiner letzten Stunde da gesessen und hat mit uns erkannt: Es ist gut, daß wir die Sonne hinein= lassen und sie scheint uns in's Haus und Herz, und doppelt wohl thut es, wenn auch Andere sich mit uns freuen.

Wir leben still für uns, wir müssen viel arbeiten, aber an Sonn= und Feiertagen ziehen wir hinaus, fahren über den Rhein und lagern uns im Walde unter den Bergen; wenn gute Nachbarn dabei sind, ist's um so schöner, und wenn die Fremden vorüberziehen, die sich an unserer Landschaft erquicken, so können wir denken: recht so, laßt es euch gefallen, wir wissen es dem Geschick zu danken, daß uns hier daheim sein läßt.

Ich bin von hier gebürtig, meine Frau aber von da droben in der Pfalz. Sie haben richtig ihre pfälzische Rede gleich herausgefunden.

Wie ich zu meiner Frau gekommen bin?

Die Geschichte war so:

Ich war aus der Fremde zurückgekehrt, hatte mein Handwerk gelernt, und, wie ich glaube, mir in der Fremde mancherlei zu Nutz gemacht. Ich wäre gern noch ein paar Jahre gewandert — ich war erst fünfundzwanzig Jahr — aber mein Oheim, der Vaterstelle an mir vertrat, da ich die Eltern früh verloren hatte, schrieb mir, es sei besser, wenn man sich in jungen Jahren als Bürger setze, man sei dann mit seinen Mitbürgern noch jung gewesen; es sei seine feste Ansicht — jede Ansicht bei ihm war fest, wie der ganze Mann eine feste Kernnatur —, das achtundzwanzigste Jahr sei das äußerste, in dem man heirathen solle; er behauptete, viel Elend unserer Zeit käme davon her, daß die Menschen zu spät heirathen; wenn man sich auch brav verhalten habe, sei man doch zu sehr an das Leben draußen gewöhnt, die stille Häuslichkeit schmecke nicht mehr so gut — ich solle darum den Wanderstab in der Ecke ausruhen lassen, mir vorerst ein Heimwesen gründen und dann eine brave Frau nehmen. Der Storch da droben auf dem Rathhaus mache es ja auch so: er komme vorweg, mache das Nest ordnungsmäßig zurecht und dann folge das Weibchen nach.

So bin ich also zum Frühling heimgekommen, ich bin von München bis hierher zu Fuß gewandert; denn ich habe gewußt, es ist für's ganze Leben vorbei mit dem ledigen Wandern. Lustig war der Frühling, die Bäume haben geblüht, die Vögel haben gesungen und in mir war es auch lustig. Ich bin ungern von München weggegangen, man kann da viel sehen und lernen, besonders auch in meinem Gewerbe: der Holz= schnitzerei. Ich freute mich aber doch auch auf meine herrliche, rheinische Heimath. Als ich bei Mannheim dort stand, wo der Neckar in den Rhein fließt, da war mir's, als müßte ich meinen Pathen, den Rhein, wie einen alten Freund grüßen und der Neckar ist auch zum Rheine gekommen, er ist durch so viel stille Wald= thäler gewandelt, jetzt bekommt er auch die große Welt zu sehen — —

Ich kam also heim und mein Oheim freute sich mit mir, als wäre ich sein leiblicher Sohn. Der gute Mann war wenig mehr beweglich, er war eben alt ge= worden. Zweimal hatte er auf dem großen Floß, das nach Holland geht — er ist gewiß hundertmal da hinab gefahren — den Fuß gebrochen, er ist gut geheilt worden, so daß er in jungen Jahren nichts davon spürte, aber jetzt in alten Tagen machte es ihm doch viel zu schaffen. Er trank indessen noch gemächlich und in guter Ruhe in der „Schippe" in der Rebenlaube seinen Schoppen. Wenn ich sage „seinen Schoppen", so ist damit nicht ein einziger gemeint, er trank nur immer einen nach dem andern und das beste war, er vertrug das ganz gut. Er aß wenig, meist nur das Weiche von einer Semmel, das nannte er sein „Schwämmchen" und behauptete, das Schwämmchen müsse gut genetzt werden.

Ich richtete mir also eine Werkstatt ein, und es war eine gute Fügung, daß ein reicher Mann aus Amerika sich da drüben das große Landhaus aus= schmückte; ich hatte viel Arbeit und guten Verdienst und jung war ich dazu, was will der Mensch mehr!

Ich bin Ortsbürger geworden, wir haben das Glück, daß wir keine Gemeindesteuer zu zahlen brauchen. Denn die Gemeinde besitzt so viel Wald, daß im drei= undzwanzigjährigen Umtrieb die Schäl-Eichen alle Kosten tragen. Ich erzähle Ihnen das, es wird sich später zeigen, was auch für mich daraus geworden ist.

Sie wissen doch, daß man im Frühling den jungen Eichen, die lauter Wurzeltrieb sind — wir haben keine großen mehr — die Rinde abzieht, das Holz wird dann zum Theil verkohlt, um als Kohle oder auch als Prügel= holz an die großen Gasthöfe verkauft zu werden für das offene Feuer zum Braten am Rost.

Eines Tages, es war im hohen Sommer, ich hatte eben eine Hauptarbeit, die Bibliothek für das Landhaus da drüben, abgeliefert, da kam mein Oheim zu unge=

wöhnlicher Zeit zu mir. Er ging am Stock, setzte sich zu mir in die Werkstatt und sah mir eine Weile zu.

Dann sagte er:

„Nicht wahr, Du hast jetzt keine eilige Arbeit vor? Hör' mal, Jean Baptiste, Du mußt für mich auf zwei Tage verreisen. Da ist mir droben in Mannheim mein bester Kamerad gestorben, ich meine, Du mußt ihn hier früher auch gesehen haben, er ist auch Schiffer, oder eigentlich er war's; er wird morgen begraben und ich möchte ihm doch die letzte Ehre erweisen. Ich kann aber nicht fort, ich bin ein geflicktes Ruder, das bei einem Stoß wieder auseinander bricht. Also gehe Du in meinem Namen für mich und sage den Kindern, sie sollen wissen, daß ein alter Freund von ihrem Vater da weiter unten herumkrabbelt."

Ich bin natürlich sofort bereit, ich weiß nicht, wie mir's ist: ich gehe doch eigentlich zu einer traurigen Sache, aber sei es die Wanderschaft, daß ich wieder so in's Land hineinziehe, oder war's was anderes — mir war's im Herzen so frei und wohl zu Muth, als ob ich einer Lustbarkeit entgegenginge.

Ich halte sonst nichts auf Ahnungen. Man täuscht sich hundertmal und behält nur die im Sinn, die eingetroffen sind, aber nicht auch die anderen. Aber die von damals war doch eine rechte. Ich komme also nach Mannheim, frage nach dem Schiffer Großmann, man weist mich hinaus nach dem Neckar, dort ist ein kleines Häuschen in der Mitte von einem Garten voll schöner

Obstbäume, unter den Bäumen stehen Tische und Bänke für die Gäste, denn die Leute halten auch eine Weinwirthschaft.

Ich trete also in den Garten. Da sitzen Leute, sie sprechen aber nicht so laut, wie sonst geschieht, und ein Mädchen mit hoher, weißer Schürze und einem Köpfchen wie ein Reh, drin braune Augen glitzern, bringt den Leuten Essen und Trinken.

Ich setze mich auch an einen Tisch. Ich denke, ich will mich zuerst ein wenig erfrischen und will auch be=zahlen, was ich verzehre; denn wenn ich sage, wer ich bin und wer mich schickt, dann nehmen die Leute keine Bezahlung von mir. Ich rufe also das Mädchen und es kommt an meinen Tisch, ist freundlichmild und ernst; ich bestelle mir einen Schoppen und etwas zu essen.

Hurtig bringt sie das Verlangte, es ist fein und säuberlich und ich sage: „Wie ich höre, ist Trauer im Hause." „Ja," erwidert das Mädchen, „aber unser seliger Vater hat immer darauf gehalten, daß Ordnung bleibe, was auch vorgehe."

Das Mädchen sagte doch ganz einfache Dinge, aber es brachte sie in einer Weise vor, daß ich meinte, ich hörte die schönste Musik, und sie spricht kein Wort zu viel und keines zu wenig. Wissen Sie, was das heißen will? Ich hab's erst bei ihr gelernt. Und das Hören war nicht nur schön, das Sehen auch. Ja, das war ein Wesen, — so grundgediegen, so frisch, ja was kann man da Alles sagen! Den Augen merkte man freilich

an, daß noch nicht lange die Thränen daraus getrocknet
worden, aber sie waren doch so ruhig und klar und
klug, daß ich mir schon damals sagte: Ja, von Dir
möchte ich mir mein ganzes Leben lang Essen und
Trinken anrichten lassen; es muß ein fröhlich Arbeiten
für das liebe Brot sein, wenn solch' ein Geschöpfchen
das Erarbeitete darreicht.

Ich bezahle meine Zeche und nun frage ich, ob
man nicht noch Leidtragende von außerhalb erwarte.
„Ja," antwortet das Mädchen, „mein Vater hat einen
alten Freund in Bingen. Noch in der letzten Stunde
hat er gesagt: Ich habe einmal in Amsterdam dem
Greyer — das war der Name meines Oheims — versprochen, daß ich's ihm will melden lassen, wenn ich
vor ihm abfahre. Komm' gut nach! Komm' gut nach!
haben wir einander immer zugerufen. So hat mein
Vater erzählt und da haben wir's dem Manne gemeldet."

Ich erkläre, daß ich im Auftrage meines Oheims
und an seiner Stelle da sei. Das Antlitz des jungen
Mädchens verändert sich gar seltsam, sie greift in die
Tasche, sie will mir offenbar mein Geld wiedergeben
und fragt: „Aber warum haben Sie mir das nicht
gleich gesagt?"

Es war nun nicht die ganze Wahrheit, aber wahr
ist es doch gewesen, daß ich zuerst etwas hätte essen
und trinken müssen; das hätte ich doch nicht gekonnt,
wenn ich mich als Leidtragender angemeldet hätte.

Ich höre, wie sie das Geld wieder in die Tasche

fallen läßt. Dann reicht sie mir die Hand und heißt
mich willkommen, ich muß mit hinein in das Haus,
werde dem älteren Bruder vorgestellt, der ebenfalls
Schiffer ist, und dem jüngeren Bruder, einem wunder-
schönen Knaben von vierzehn Jahren mit hellen, großen
Augen und einem Gesicht, so schön, ich kann Ihnen
nur sagen — es ist gewiß viel, aber es ist so — fast
noch schöner als seine Schwester. Ich hätte den Knaben
gern umarmt und geküßt, so entzückend sieht er mich an,
aber ich unterlasse es natürlich, denn das schickt sich
nicht. Ich werde in die Todtenkammer geführt, ich
sehe die Leiche, die fein säuberlich mit Blumen bekränzt
auf dem Bette liegt. Ich höre den älteren Bruder die
Schwester fragen, warum sie ihr bestes Linnen, das zu
ihrer Ausstattung bestimmt war, dem Vater mitgegeben
habe. Ich sehe, wie ihr alles Blut in's Gesicht schießt,
bis in die Stirnhaare hinein wird Alles roth, und
ganz leise entgegnet sie: „Um Gotteswillen, sag' doch
so etwas nicht. Das ist ja das Letzte, was man ihm
erweisen kann."

Das Mädchen bittet mich, nun wieder in den Garten
zu kommen. Der ältere Bruder hat noch Mancherlei
zu thun, ich führe den jüngeren Bruder an der Hand,
er faßt meine Hand so gut. Da sitzen wir nun und
das Mädchen spricht so gut und so klar, daß ich meine,
ich sei von Kindheit auf schon bei ihr gewesen. Ich
sage dem Knaben, er solle nur das Glück recht verstehen, eine Schwester zu haben, und das Mädchen sagt:

„Er ist brav, das kann ich ihm in's Gesicht hinein
sagen. Weine jetzt nicht wieder, Du mußt Dich drein
finden, daß der Vater todt ist. Wenn Du bisweilen
auch unbändig gewesen bist und manchmal noch wieder
wirst, das schadet nichts, dafür bist Du noch so jung,
und es thut Dir allemal gleich drauf leid.“

Ich muß nun von meiner Kindheit erzählen, von
meinen Wanderungen und von meinem Handwerk. Ich
setze hinzu, daß ich auch das Vergolden erlernt habe.

„Nährt dieses Handwerk in solch' einer kleinen
Stadt?“ fragt sie.

Ich erwidere, daß man heute nicht blos für die
nächste Nachbarschaft arbeite; durch Eisenbahnen und
Dampfschiffe habe man den großen Markt der ganzen
Welt vom kleinsten Orte aus.

„Da haben Sie Recht, das ist wahr,“ erwidert
das Mädchen, und so lange ich lebe, hat mir kein Lob
wohler gethan und ich sage Ihnen — lachen Sie mich
nicht aus — es ist mir ganz recht, wenn man mir
offen sagt, worin ich mich irre; aber eine wahre
Sättigung und Labung ist's mir, wenn ein Mensch
zu mir sagt: Das ist richtig, da haben Sie Recht! Denn
die wenigsten Menschen wollen das thun. Sie aber
thut das und so grundwahr.

Geben Sie Acht, wenn man ihr etwas sagt, was sie
noch nicht so verstanden hat, dann sagt sie mit einem
Ton, der wie ein Dankgebet klingt: „Da haben Sie Recht,
das ist so. Das habe ich bisher noch nicht so gewußt.“

Entschuldigen Sie, ich bin vorausgesprungen, ich kehre also wieder zurück. „Ich glaube," sagt das Mädchen, „daß Sie auch hier ein Geschäft machen können, da drüben wohnt ein Photograph, der braucht viel Rahmen."

Ich bin nicht wenig erstaunt, daß das Mädchen mitten in der Trauer so viel Umsicht und Sorglichkeit bekundet.

Sie steht aber sofort auf und sagt:

„Theodor, begleite Du den Herrn hinüber und bleib' eine halbe Stunde drüben."

Sie geht rasch davon und ich gehe mit dem Knaben.

Als ich aus dem Garten trete, sehe ich eben, wie zwei Männer einen Sarg bringen, der Knabe faßt meine Hand stärker und ich merke, daß die Schwester den jungen Bruder auch mit fortgeschickt hat, damit er nicht dabei sei beim Einheben der Leiche in den Sarg.

Ich treffe den Photographen in Unruhe, er rüstet sich auch eben zum Leichenbegängniß und ich wage nicht, jetzt mit ihm von Geschäften zu reden. Er fragt den jüngeren Bruder:

„Nun, Theodor, bist Du entschlossen, bei mir als Lehrling einzutreten?"

„Wir wollen warten, was Käthchen sagt."

Nun weiß ich, daß das Mädchen Käthchen heißt, aber es trifft mich wie ein Stich in's Herz, als der Photograph sagt:

„Käthchen und ich sind eins und einig."

Ist dies der Bräutigam des Mädchens? . . .
Ich kann nicht lange darüber nachdenken. Wir gehen
wieder hinüber, denn der Geistliche und das Trauer=
geleit ist da.

Käthchen hat Trauerkleider angelegt und ich
stehe abseits im Garten und bin voll Aerger über
mich, daß ich so Vielerlei denke, während ein Mensch
begraben wird.

Im Gefolge wird mir ein Ehrenplatz angewiesen,
ich gehe hinter den Geschwistern. Ich habe nachmals
gehört, daß das Leichenbegängniß sehr groß gewesen,
denn der Mann war geschätzt und geehrt von der
ganzen Nachbarschaft — ich selber habe nichts davon
gesehen.

Auf dem Kirchhof hält der Pfarrer eine schöne
Rede. Er lobt die Kinder und vor Allem das Käth=
chen. Er sagt, daß es ihr gut gehen werde auf Erden,
denn sie habe das vierte Gebot getreulich gehalten und
der Segen des Vaters, der nun beim Vater im Him=
mel sei, werde ihr nicht fehlen. Ich höre Käthchen
neben mir weinen, aber ich wage nicht, nach ihr um=
zuschauen.

Das Grab war zugeschüttet, wir kehren heim
und ich werde gebeten, noch über Nacht hierzubleiben.

Am Abend kommt der Photograph aus der Nach=
barschaft und ich bekomme eine namhafte Bestellung von
ihm. Käthchen sieht mich groß an, da ich sage: „Ich

liefere meine Arbeit nur Zug um Zug gegen baare
Zahlung."

Auch die beiden Brüder sitzen bei uns, und der
Photograph, der sich hier offenbar als Zugehöriger betrachtete, sagt nicht ohne Geschick, daß Theodor die
Trauer am besten verwinden werde, wenn er gleich am
andern Morgen in die Lehre eintrete; man solle sich
demnach sofort entscheiden. Der Knabe sieht mit großen
Augen auf seine Schwester und diese sagt:

„Heute wird nichts entschieden, heute, am Begräb-
nißtage des Vaters nichts mehr davon."

Ich glaube zu sehen, wie der Blick des Knaben
bald auf den Photographen, bald auf mich gerichtet
ist, und ich glaube auch zu bemerken, daß Käthchen
zu den Mienen ihres Bruders einverständlich nickt
und seinen Blicken zu folgen scheint — — —.

Am andern Morgen sitze ich zur Abreise gerüstet
nochmals bei den Geschwistern. Ich fasse Muth und sage:

„Ich hätte große Lust, auch einen Lehrling zu
nehmen und ihn zu lehren, was ich eben verstehe."

Kaum habe ich das Wort gesagt, als auch der
Photograph hinzutritt und schon von weitem ruft:

„Theodor, ich erwarte Dich schon lange. Kommst
Du bald?"

„Setzen Sie sich," entgegnet Käthchen, und der
junge Mann — es war ein schöner Mensch mit großem
Vollbart, er sah aus, wie ein lustiger Student — setzt
sich, Käthchen scheint nicht weiter das Wort nehmen zu

wollen. Sie sagt leise zum älteren Bruder: „Sprich Du,“ und dieser beginnt:

„Ja, unser Gastfreund will auch einen Lehrling annehmen, und da wollen wir nun überlegen ...“

„Was ist da viel zu überlegen!“ fährt der Photograph drein. „Theodor, Du mußt selber wissen, was Du willst.“

„Ihr Geschäft kenne ich, aber das andere kenne ich nicht, und am Zeichnen und Schnitzen habe ich auch Freude. Aber ich will was sagen ...“

„Gut, sag' was,“ unterbricht der Photograph den Knaben, „das bisherige ist nichts.“

Die Augen des Knaben funkeln, und er ruft:

„Ich will was sagen: ich gehe zu Dem, zu dem mich Käthchen weist.“

„Also auf mich wälzest Du die Verantwortung,“ ruft Käthchen. „Ich meine, Dein älterer Bruder muß entscheiden.“

„Nein, thu' Du's nur,“ entgegnet der ältere Bruder, „ich bin mit Allem einverstanden, was Du sagst.“

„So meine ich, Du gehst mit unserem Gastfreund. Verzeihen Sie, Herr Schönauer, Sie wissen, daß wir gute Freunde und Nachbarn sind, und es würde mir ja lieb sein, den Theodor da bei der Hand zu haben; ich muß mir selber Schweres anthun, daß ich ihn fortgebe, aber es ist besser so.“

„Freut mich, daß Du so entscheidest,“ ruft der ältere Bruder, streckt mir die Hand entgegen und sagt:

„Sie haben ein ehrliches Geſicht. Wir vertrauen
Ihnen mit voller Zuverſicht unſeren jüngern Bruder
an; was er braucht und was es koſtet, werden wir
ſchon aufbringen.“

Dann reicht mir auch Käthchen die Hand, und
ich verſpreche ihr, treulich und gut ihren Bruder zu
halten und ihm alles Das anzuthun, was ich mir
wünſchen könnte, daß es einſt auch mir geſchehen wäre.
Als ſie meine Hand ſo gefaßt hält, und wir zuſammen
ſitzen, da wäre ich gern aufgeſprungen und ihr um
den Hals gefallen, denn ſchon damals ſpürte ich es:
„Die iſt mein.“

Ich bleibe nun noch bis Mittag. Ich will
Theodor gleich mitnehmen, ich habe nur noch einen
Abſtecher nach Worms zu machen, wo mir Arbeit in
Ausſicht ſteht, aber Käthchen ſagt, nachdem ihr Theodor
etwas in’s Ohr geflüſtert hat:

„Ich ſchicke Ihnen meinen Bruder. Wir geben
keine Betheuerungen und verlangen keine; ein Wort
zwiſchen uns gilt. Der Theodor möchte gerne mit
dem Ränzel auf dem Rücken wandern; er iſt morgen
Mittag bei Ihnen in Worms.“

Ich gehe nach dem Dampfſchiff, die Geſchwiſter
begleiten mich, ich gehe neben Käthchen, ich ſage ihr
aber kein Liebeswort, nicht einmal, daß ich fühle, wie
ſehr ſie mir vertraue, da ſie mir ihren Bruder giebt.

Am anderen Mittag trifft Theodor pünktlich ein.
Es war eine Wonne, den Knaben zu ſchauen, und ſo

wandere ich mit ihm eine Strecke Weges. Was aus ihm geworden ist, wissen Sie ja: der schöne Jüngling, der drunten in der Werkstatt voll unermüdlichen Fleißes pfeift und singt, das ist Theodor.

Zum Herbst wandere ich stromauf und Käthchen begrüßt mich wie einen Zugehörigen. Wer von uns zuerst gesagt hat: Willst Du mich? Wir wissen's Beide nicht mehr. Ich glaube, es hat's Keines gesagt, denn es verstand sich von selbst.

Als wir uns geeinigt hatten, sagte Käthchen:

„Nur Eins betrübt mich: Haushalt führen, das ist mir nicht genug; ich bin gewöhnt zu erwerben."

„Das ist's eben, was ich Dir noch sagen wollte. Das sollst Du ja, Du bist eine Vergolderin, Du sollst es sein; Du bist handlich und geschickt und kannst dem bald vorstehen, und wir halten auch einen offenen Kaufladen."

Was soll ich Ihnen noch erzählen?

Sie sehen es ja, Sie kennen sie ja, sie verschönt mir mein Leben, sie hilft mir erwerben, und der Oheim hat in der letzten Zeit öfter gesagt, er wünschte noch jung zu sein, blos um unser Glück noch recht lange mit ansehen zu können, und er nannte Käthchen „die Vergolderin".

Ja, sie verschönt das Leben, sie hat gefunden, daß es besser ist, wir brechen im Hinterhause dies Fenster durch nach dem Rhein, und habe ich Ihnen nicht erzählt, daß die kleinen Stämmchen der Schäl-Eichen in die Wirthshausküchen versendet werden? Käthchen ist darauf gekommen, daß es vortheilhaft ist, wir wählen uns von den geschälten Stämmchen die besten aus, um die feinen Rahmen daraus zu machen. Dazu hat sie den Plan gemacht. Ich habe ein Leben — ich kann nur wünschen, daß es jeder rechtschaffene Mann auch so habe, aber dazu gehört freilich ein Käthchen, eine Vergolderin.

Lustspiele.*)

*

*) Den Bühnen gegenüber Manuskript.

Riegel vor!

Stimmungsbild.

Scene.

(Ein schmaler Gartensalon mit Thüre, Fenster rechts, wohlhäbig aber nicht reich ausgestattet.)

Eberhardine (kommt stürmisch hereingestürzt, athmet schwer, sieht sich um und ruft:) Er folgt mir doch nicht? Still! Nein, es kommt Niemand die Treppe herab. (Schließt die Thüre, man hört den lauten Ton, wie sie den Riegel vorschiebt.) So! Riegel vor! Gottlob! Nun bin ich frei, nun bin ich allein. . . Im Beisein meines Vaters, unter seinem Schutze, mir die Hand anbieten, um meine Hand bitten und ohne Antwort abzuwarten, mich umarmen wollen — — —! Herr Julius Mörner, sind Sie denn so sicher, mein Herr? Erwarten Sie denn in der That? — — — Haben Sie nur eine Ahnung davon, was ein Mädchenherz bewegt, bestürmt in solchem Augenblicke? — — — Sie haben den rechten Handschuh ausgezogen, ziehen Sie ihn nun wieder an. Gottlob! Ich bin noch glücklich entwischt. Ich möchte nur jetzt sein Gesicht sehen, wie er verblüfft dasteht, — er weiß nicht, wo er hinschauen soll

und (nachahmend) mißhandelt seinen Bart. Mich dauert
nur mein guter Vater, er weiß auch nicht, wo er das
Auge hinwenden soll. Ja, lieber Vater, bist du denn
nicht auch empört von diesem kühnen selbstsicheren Tone
des Herrn Mörner? Bitt' um Entschuldigung, des
Herrn Kreisgerichtsraths — — — (sich verbeugend) ich
danke Ihnen verbindlichst für die Ehre, aber meine
Mädchenfreiheit, mein ganzes Leben — — — Still!
Kommt Niemand die Treppe herab? Nein! Das wagt
er doch nicht, der Siegessichere. Erlauben Sie, mein
scharfsinniger Herr Julius Mörner, Herr Doctor beider
Rechte, erlauben Sie mir Ihnen zu bemerken, daß
Flucht auch eine Waffe ist. — — — Ja, das ist sein
Gang, ich höre seine Schritte über mir. Ob er und
der Vater wol denken, daß ich aus dem Hause ent=
flohen sei? Nein, sie haben gehört, daß ich nur hierher
bin, daß ich da bin. Ich trage die Geheimnisse meiner
Seele zu Niemand, auch zu keiner Freundin. . . Sie
können beruhigt sein, Herr Doctor, ich werde mich zu
Niemand berühmen — — — Ist die Thür auch wirk=
lich verschlossen? Sie sollen hören, wie ich die Thüre
schließe. Riegel vor! (öffnet noch einmal, schließt die Thür
mit Geräusch zu und schiebt den Riegel vor.) Ach mein Herz,
mein armes Herz, wie es jetzt schlägt. Beruhige dich.
Da liegt die Blumenlese der schönsten deutschen Ge=
dichte, die er mir als Gewinnst eines Vielliebchens ge=
bracht hat. (Liest:) Fräulein Eberhardine Jung grüßt
aus der Seele der Dichter, Julius Mörner. (Laut.)

Ja, die Dichter, sollen an ihrer Stelle die zarten Empfindungen haben, sie selber aber behandeln das Höchste trocken, actenmäßig, geschäftsmäßig — — Diese sogenannten tüchtigen Männer schämen sich eines tieferen Empfindungsausdrucks. Das wäre unmännlich. Aber hat er denn tiefere Empfindung? Man könnte es glauben. Mein Vater sitzt jetzt am Fenster — — — was er nur zu ihm spricht? (Nachahmend.) „Beruhigen Sie sich, lieber Herr Kreisgerichtsrath, Sie wissen, Sie wären mir ein lieber Schwiegersohn. Verzeihen Sie dem Kinde. Sie ist noch kindisch!" Bitte, lieber Vater, ich bin nicht kindisch, ich glaube zu wissen, was ich will, ich weiß es ganz genau; weiß auch, wie alt ich bin. Auf der Mittagshöhe der zwanziger Jahre ist man kein Kind mehr. Ich weiß auch, daß die erste Jugendblüthe nicht mehr da. (In den Spiegel sehend.) Wie oft habe ich den Vater gebeten, diesen altmodischen Spiegel, der alle Züge verzerrt, abzuschaffen.... Eberhardine! Schäme Dich, sei aufrichtig gegen Dich; diese Fältchen sind nicht vom Spiegel. — — — (Visitenkarten vom Tisch aufnehmend.) Da ist ja die Vermählungsanzeige der Clara Grundmann! Es würde sich schön ausnehmen: Eberhardine Mörner, Kreisgerichtsräthin. Brr! Wie viele R! . . Diese Unzartheit hätte ich ihm nicht zugetraut. Mit dem kaum trocken gewordenen Ernennungsdekret zu kommen und fast zu sagen: Liebe Fräulein Eberhardine, ich habe nun eine angesehene Stellung, und wem der Fürst ein Amt giebt, dem

giebt Gott eine Frau — — er darf nur anklopfen.
Ja klopfen Sie, es wird Ihnen nicht aufgethan.

Still! Klopft Niemand? Der Riegel ist doch auch
sicher vor? (Sie macht ihn wieder auf und zu.) Es ist
wahr, er ist ein braver Mann, edel, gebildet, freilich etwas
linkisch. Ich glaube, er war aus Zaghaftigkeit so
keck . . . Ich sehe ihn noch, von damals, von der
ersten Begegnung; er hatte entsetzlich große Handschuhe
an und ließ sich mir auf dem Juristenball vorstellen.
Ich reiche meine Tanzkarte hin, er läßt sie fallen, er
hebt sie auf: „Entschuldigen Sie, Fräulein, ich kann
nicht tanzen.“ Ein junger Assessor und kann nicht
tanzen! Ich hatte lange zu thun, diesen ersten Ein-
druck zu verwinden. — — Ich gehe allerdings jetzt
auf keinen Ball mehr, es ist zu viel grüner Nachwuchs
da. Ah! die tanzt auch noch? Das hört man und
wenn die Musik noch so laut aufspielt — — und
meine Altersgenossinnen sind alle — — Wie konnte
er aber nur glauben, daß ich so leicht die Hauptstadt
verlasse und in einem kleinen Städtchen lebe? Ich habe
ihm freilich oft gesagt, ich liebe das Leben in kleinen
Städtchen, wo man den Menschen viel näher ist und
— — — ja, es ist doch auch schön, jeder grüßt: guten
Morgen, guten Abend Frau Kreisgerichtsräthin — —
Danke Ihnen. Eigentlich theile ich mit ihm meine
holdesten Lebenserinnerungen, er war mir auch lieb,
gewiß, warum habe ich ihn denn abgewiesen? Habe
ich ihn denn abgewiesen? Möchte ich denn einen andern

lieber als ihn? Nein, aber dieses selbstbewußte Auf=
treten ... ich will Dich, also bekomme ich Dich — es ist
empörend. — — — Wäre es Dir aber lieber, wenn
er bittend erschienen wäre? Still! Ich höre die Thür
oben gehen! Er ist im Stande und verläßt das Haus.
Ja, man hat schon gehört, daß ein abgewiesener Frei-
werber schnurstracks in ein anderes töchtergesegnetes
Haus ging und hoch willkommen war. Bitte, gehen
Sie nur! Des Präsidenten Elise da drüben wird (nach=
ahmend) ja, ach ja, lispeln. — — Beruhigen Sie sich,
ich bin nicht ruhmredig. Aber schade, er hätte eine
bessere verdient und eine lebensfrischere. — — Aber
Eberhardine! schäme Dich! Ach (weinend) er macht mich
auch noch schlecht, er macht mich wahnsinnig. Wie
mir plötzlich so kalt wird! Ich fiebere und draußen
scheint die warme Sonne. (Sie hüllt sich in einen Shawl.)
Ach Gott! Er macht mich noch krank! Ich will nicht
krank sein, ich will nicht. — — Still! Horch! Die
Stimme meines Vaters. Wenn ich nur hören könnte,
was er sagt. Jetzt schließt sich oben die Thüre. Es
geht die Treppe herab, er ist's, er ist allein; er hält
inne, er steht vor der Thüre, er klopft. Ja, der Riegel
ist vor! Er klopft noch einmal und ruft: Eberhardine!
Wenn er zum dritten Male klopft, dann — — er geht.
(Aufstampfend.) Er geht! Nun denn, so leben Sie wohl.
(Das Fenster öffnend:) Er kommt lange nicht aus dem
Hause — — wo er nur bleibt? Ich höre seine Stimme.
Mit wem spricht er? Ach mit dem Hunde. Das treue

Thier bellt ihm nach, es hat ihn auch lieb gehabt.
Auch? Auch? — — Ach ja — — — Dort, dort geht
er durch den Garten, sein Schritt ist langsam, zögernd.
Eine stattliche, mannhafte Gestalt. Jetzt steht er still.
O, er leidet gewiß tief; verschmäht, am Höchsten ver=
zweifelnd, sein Herz pocht. Ob er sich wol umschaut?
Nein, er geht weiter. (Zum Fenster hinausrufend:) Herr
Kreisgerichtsrath! Er hat's gehört, er hält inne, aber
er schaut nicht um. (Wieder laut rufend:) Herr Mörner
— — — Er schüttelt den Kopf. (Wieder laut rufend:)
Julius! — — Er wendet sich zurück, er breitet
die Arme aus, er kommt. O du Guter! O Du Lieber!
(Sie wirft den Shawl ab, öffnet die Thür und mit dem Rufe:)
Julius! (stürmt sie durch die offne Thür und

Der Vorhang fällt.)

Das erlösende Wort.

Lustspiel in einem Aufzuge.

Personen:

————

Leo Gerlach.

Adelheid, dessen Gattin.

Reinhold König, Professor.

Clotilde, Schwester Gerlachs.

Ein Diener.

Ein Kammermädchen.

Das Stück spielt auf dem Gute Gerlachs.

————

Scene:

Gartensalon, geöffnete Mittelthür, durch die man in den Garten sieht, rechts und links Thüren.

1. Auftritt.

Leo, Adelheid, König, Clotilde sitzen um einen reich mit Blumen geschmückten Tisch.

Leo (sich erhebend). Und nun das letzte Glas Rauenthaler! Expleno!

Adelheid. Unser ordentlicher Professor soll leben!
(Alle stoßen an.)

König. Ich danke Euch von Herzen, aber verzeiht, ich kann nicht reden. Ihr wißt, solch ein Fest mit eigen Angehörigen feiern, das ist Vervielfältigung der individuellen Persönlichkeit; die eigene innere Melodie wird zum vierstimmigen Zusammenklang.
(Die anderen drei singen einen Accord: Hoch soll er leben, Hoch! Hoch! Hoch!)

König (sich erhebend). Hoch leben! Erhoben leben! Wenn ich mich vor mir selber ehrlich prüfe, so erscheint es mir fraglich, ob ich eigentlich zum Professor berufen bin —

Alle (widersprechend). O! Ah!

9*

König. Von Natur wäre ich berufen, ein Missionär zu sein, ein Jünger, der einem Meister folgt und eine neue Heilslehre verkünden hilft. Für ein Großes, Welt= umwälzendes im lebendigen Wort den Athem, ja, den letzten Athem auszuhauchen (sich besinnend) doch, ich bin auch so glücklich! Ich danke Euch. Verzeiht, daß ich nicht reden kann.

Alle (stehen auf, Abelheid und Leo treten rasch vor, König und Clotilde bleiben noch etwas zurück. Diener und Kammer= mädchen rücken den Tisch bei Seite).

Leo (halbleise). Komm, komm, Abelheid, — jetzt lassen wir die Beiden allein. Jetzt ist die Minute, da er das Wort sprechen muß.

Abelheid. Wie oft hat mir unsere Mutter er= zählt, Reinhold hat als Kind erst im dritten Jahr sprechen gelernt, und jetzt ist es das dritte Jahr seit er Clotilde liebt und da will er nicht sprechen lernen, kann das erlösende Wort nicht finden.

Leo (im Abgehen zu Abelheid). Sei versichert, der Rauenthaler auf der Zunge löst die Zunge. (Beide ab.)

2. Auftritt.

König. Clotilde.

König (etwas salbungsvoll). Es ist wie der Psalmist sagt: Schön und lieblich, wenn Zugehörige einträchtig= lich beisammen — (sich corrigirend, sich fassend). Meine Ernennung zum ordentlichen Professor macht die Meinen so glücklich und Sie, Sie sind so warm theilnehmend.

Clotilde (aufrichtig). O gewiß!

König. Ja, auf der Scheitelhöhe eines solchen Lebensabschnittes, da möchte man etwas Großes, Uebermächtiges vollbringen; und was ist der endlichen, menschlichen Kraft gegeben? Das Gestern fortsetzen, still, beharrlich. — Das jedoch ist das Erhabene der Wissenschaft, sie baut am Dome des Geistes durch die Jahrhunderte, die Arbeiter lösen sich ab. Die Wissenschaft konservirt das Gestern und schafft das Morgen. O, ich fühle mich so erhoben, so von aller Erdenschwere befreit, — Sie kennen das gewiß auch! Es giebt Momente, wo man glaubt fliegen zu können; nicht wahr?

Clotilde. O gewiß!

König. Auch der Wein wird zum Sinnbilde; die Sonne vergangener Jahre macht heute die Wangen glühen, wird zur Sonne in uns; wir sind Sonnenkinder. Kein sterblicher Fürst, die Herrscherin der Welt, die Wissenschaft allein kann sagen: in meinem Reiche geht die Sonne nicht unter. — Ach, verzeihen Sie, daß ich so redselig bin.

Clotilde. Was soll ich verzeihen? Im Gegentheil, ich bin Ihnen tief dankbar, daß Sie mich für würdig erachten, Ihre Gedanken zu vernehmen. Ich glaube Sie zu verstehen!

König. Oh, Sie verstehen Alles! Sie vor Allen. (Sich fassend.) Es ist eine Probe, ob ein Gedanke voll durchgeklärt, wenn ein ungelehrtes Frauengemüth ihn faßt.

Clotilde (leise, spöttisch). Ich danke! (laut.) Ich verstehe vollkommen und höre mit Wonne.

König. Ich denke zurück, einer Wonnezeit! Die Reben, deren Saft wir jetzt getrunken, hörten damals unsere Burschenlieder. Ich wanderte als Student mit Genossen den Rhein entlang. Wir stiegen auf die Berge. Damals in meiner Jünglingszeit glaubte ich mich zum Dichter berufen, bis ich einsah, daß Begeisterung für eine Sache noch nicht das Talent für eine Sache ist.

Clotilde. Ich danke Ihnen; das ist ein Wort, das ich mir merken werde.

König. Am Rheine war es, auf der Waldeshöhe, über den Rebgeländen; ich war allein, ich sah den Sonnenaufgang und da dichtete sich mir mein erstes Lied.

Clotilde. Wissen Sie es noch?

König (wie verzückt, als allmälige Erinnerung sprechend).

„O Morgenluft auf Bergeshöhen,
Wenn leis die Sonn' erwacht,
In Deinem Athem zu vergehen —
Tod ist Tag, nicht Nacht!"

(In bocirendem Ton.) Sie bemerken, wie stümperhaft, namentlich die letzte Zeile, fünf einsilbige Worte, und so vollgepfropft. Es ist eine psychologische Thatsache: die strotzende Ueberfülle der Jugend ergeht sich gern in Todessehnsuchten. Jetzt fühle ich die Wonne des Daseins, ich fühle sie doppelt!

Clotilde. Doppelt?

König. Nein, tausendfältig, — und ich weiß, ich erkenne, das Paradies des Daseins liegt nicht hinter uns, in der Vergangenheit, sondern vor uns, in der Gegenwart, in Zukunft.

Clotilde. Die Welt wird schöner mit jedem Tag, singt der Dichter.

König. Ja, das ist's! Das ist der Siegesgesang des Optimismus. Der Pessimismus ist die Phylloxéra am Weinstock des Lebens. Das Weltgesundheitsamt, die Wissenschaft, wird sie vertilgen. Aber nicht nur negativ und analytisch, auch positiv und synthetisch, — über die Erkenntniß der Materie hinaus erfaßt und bildet die Phantasie die höhere Welt, die inwohnt aller Creatur.

Clotilde. Das ist tröstlich und schön.

König. Die Chemiker haben mit der Spektralanalyse die Urbestandtheile der Sonne erforscht, — aber sie finden doch jenes Element nicht, das die Sonne dem Weinstock einhaucht. Die Herren Materialisten mögen mich einen Zurückgebliebenen schelten, einen Mystiker . . . ich nenne jene für die Chemie unfindbare Kraft — den Sonnengott! Und jenen Duft, den die Rheinwelle, und jene Wärme, die aus dem Schoß der Mutter Erde — ach verzeihen Sie, verzeihen Sie meine Rede.

Clotilde. Sie bitten stets um Verzeihung und ich habe Ihnen gar nichts zu verzeihen; ich wiederhole Ihnen, ich bin glücklich!

König. O, wie mich das freut! Ja, auch im Gemüthe wächst, was des Menschen Herz erfreut; auch da waltet der Sonnengott, er strahlt aus Ihrem Auge und weil Wärme Bewegung ist, pocht er in Ihrem Herzen, — ach verzeihen Sie!

Clotilde. Immer wieder, verzeihen Sie.

König (faßt ihre Hand, — er gewahrt seine Schwester).

3. Auftritt.
Vorige. Adelheid.

König. Ach, Du da, liebe Adi! Ich möchte Dich bitten, ich bin so aufgeregt — — von Eurem Rauenthaler — — von der Festesfreude — — von — — erlaube mir, daß ich mich etwas zurückziehe und sammle.

Adelheid. Ja, thu das, lieber Reinhold. Es kommen heut Abend noch Gäste und ich möchte, daß mein Bruder als ordentlicher Professor sich in seiner ganzen Frische zeige. Ich weiß, Du mußt am Mittag etwas ruhen.

König. Mehr allein sein, als ruhen. Verzeihen Sie, liebes Fräulein, dem an's Einsiedlerleben Ge= wöhnten, ... verzeihen Sie. (Ab nach rechts.)

4. Auftritt.
Clotilde. Adelheid.

Clotilde (für sich). Ich verzeihe nicht! Unfaß= lich! Ein Icarus, der zur Sonne auffliegen wollte und nun auf ein Sopha fällt und schläft.

Adelheid. Was hat er gesprochen? So sah ich ihn noch nie!

Clotilde. Was er gesprochen hat? Sehr wissen=schaftlich, vielleicht auch sehr phantastisch. Ach, mir ist ganz wirr, — ist es Euer Rauenthaler oder — — ich muß frische Luft schöpfen. (Ab nach dem Garten.)

5. Auftritt.

Adelheid. Leo.

Leo. Nun wie ist's?

Adelheid. Wieder Nichts! Er hat offenbar auch jetzt nichts bekannt. Er spricht nicht von Liebe, sein ganzes Wesen ist Liebe. Er, der Meister im Worte, kann das eine Wort nicht finden, und ich weiß doch wie tief, wie innig er Clotilde liebt!

Leo. Ich fange an daran zu zweifeln. Ein ver=ständiger Mensch müßte sich doch einmal aussprechen können und müßte, wie Du es nennst, das erlösende Wort finden.

Adelheid. Und er kann's nicht. Ist es Zag=haftigkeit? ist es Bescheidenheit? Ich weiß nicht, was es ist! Das aber weiß ich: wenn er eines Morgens aufwachte und man sagte ihm: ich gratulire Dir zu Deiner Verlobung mit Clotilden — er würde jauchzen, so weit ein Professor jauchzen darf.

Leo. Und Du bist dessen absolut sicher?

Adelheid. So sicher, als ich Deiner Liebe bin!

Leo. Du betheuerst hoch! Nun denn, so lassen

wir jetzt, da er schläft, es Nacht sein und wenn er aufwacht, ist Morgen und ich gratulire ihm.

Adelheid. Ich verstehe nicht, was du meinst.

Leo. Ich meine, ich führe aus, was Du so klug erdacht. Ich sage dem erwachenden Professor „Guten Morgen, lieber Bräutigam meiner Schwester!" Wollen dann sehen, ob er jauchzt.

Adelheid. O, das ist herrlich — das ist das rechte, das einzige! Du kannst Alles, lieber Mann, Dir ist nichts unmöglich.

Leo. Wäre es aber nicht besser, Du gratulirtest ihm, nicht ich, der ich der Bruder Clotildens?

Adelheid. Nein, Dir glaubt er, Dir allein, unbedingt.

Leo. Darf ich aber dieses unbedingte Vertrauen mißbrauchen?

Adelheid. Ach, solch ein Gelehrter ist wie ein Kind. Mißbraucht der Arzt das Vertrauen, der einem Kinde ein süßes Heilmittel eingiebt?

Leo. Ich glaube, daß eine Frau sich doch besser eignete. Ihr Frauen könnt besser Komödie spielen als wir.

Adelheid. Danke. Aber ich habe Reinhold so oft bedrängt, daß er mir verboten hat, noch je davon zu reden. Bitte! Du bist doch sonst nicht so schwerfällig, — eine heitere Sache muß heiter und leicht ausgeführt werden.

Leo. Du glaubst also, daß er mir glaubt?

Adelheid. Ohne Zweifel!

Leo. Gut denn, es sei! Geh Du nun zu Clotilde, halte sie auf, — damit die Beiden nicht zu schnell zusammen kommen.

Adelheid. Ich gehe! O, wie schön wird es sein. (Will gehen.)

Leo. Nein, bleib noch! Wäre es nicht zweckmäßig, wenn Du dasselbe Clotilden sagtest, was ich Reinhold? Wir Beide haben gehört, wie er ihr Herz und Hand anbot? .

Adelheid. Das wäre falsch, damit wäre Alles verfehlt!

Leo. Warum?

Adelheid. Ihr Männer kennt uns Frauen nicht, nie! Ein Mädchen wird am leisesten Zittern des Tones merken — — und Du, Du hast den Rauenthaler zu Hülfe. Glück auf, Leo! (Rechts ab.)

Leo (für sich). Was man thun will, muß rasch geschehen. (Klopft an der Thür.)

6. Auftritt.

Leo. König.

König (von innen). Ich komme schon! (Tritt heraus.) Leo, Dein Rauenthaler war gut, aber schwer, sehr schwer.

Leo. Wie magst Du nur jetzt vom Weine reden! Ich gratulire Dir von ganzem Herzen.

König. Das hast Du schon mehrfach!

Leo. Nein, ich gratulire Dir zum Schwager.

König Das bin ich ja schon lange, Du bist ja der Gatte meiner Schwester!

Leo. Nein, Du bist mein Doppelschwager. Gottlob, daß sich das Wort Dir endlich von der Lippe gerungen und Du Dich mit Clotilde verlobtest. Laß Dich umarmen, Bruder meiner Gattin und Gatte meiner Schwester.

König. Was sagst Du? Du hast gewiß weiter getrunken und nicht geschlafen, — Du hättest auch ruhen sollen.

Leo. Auch ruhen sollen? Das kann nur ein Professor, nach solch einem — —

König (ihn unterbrechend). Ich begreife Dich nicht!

Leo. Und ich begreife Dich nicht. Hat der Mensch alle philosophischen Systeme und Jahreszahlen und Thatsachen der Geschichte im Kopf. Die Schlacht bei Gaugamela und Arbela und am Jllissus, Griechenland, Rom und Carthago, daneben die Atomenlehre und die Descendenztheorie, Alles — und vergißt seine eigne Verlobung.

König. Meine Verlobung mit Clotilde?

Leo. Mit wem denn sonst?

König. Mit Niemand anders!

Leo. Es war mehr als zart von Dir, daß Du Deine Freiwerbung erst nach Deiner Ernennung zum ordentlichen Professor vorbrachtest.

König. Aber, lieber Leo, bitte, komm, sieh mir grad' in's Gesicht, Du scherzest nicht?

Leo (schüttelt den Kopf).

König (schlägt sich vor die Stirn). Dann verstehe ich mich nicht! Schlafe ich noch? Träume ich Dich — träume ich mich? träume ich die Bäume — — den Himmel — — ist der Pfiff, den ich jetzt von der Eisenbahn herauf höre, nur geträumt?

Leo. Du bist wach, und Alles ist wahr und wirklich.

König. Sage mir, habe ich jetzt geschlafen oder nicht?

Leo. Du hast geschlafen.

König. Ich habe? — — Ich konnte mich zur Ruhe legen nach solchem Bekenntniß, nach solcher Lebenserweckung? Ich bin mir ein Räthsel!

Leo. Du warst es uns auch, — aber wer kennt die Complicationen eines Professorengehirns, und dazu die elementarischen Mächte des Rauenthaler — das sind Dämone! —

König. Ja, der Wein! — Ich erinnere mich, daß ich Absonderliches zu Clotilde sprach — Abstruses! Aber wo ist sie? Was muß sie von mir denken, daß ich nach solcher Erklärung mich zur Ruhe legen konnte?

Leo. Clotilde verehrt Deine Eigenheiten als Eigenschaften eines höheren Wesens, — Attribute, wie Ihr's nennt!

König. Ja, so gut ist sie — so gut — so wohldeutend und feinsinnig; o, du Reine, du Holde!

Leo. Ihr Idealisten, Ihr bedürft solcher Frauen, für die Euer Schreibtisch ein Altar, vor dem sie ihre Hausandacht halten.

König. Bitte, Leo, nur noch Einmal! Du hast es gehört, daß ich ihr Herz und Hand anbot?

Leo. Und Adelheid!

König. Dir glaube ich auch das Unfaßbare! O Glückseligkeit, daß es endlich geworden.

Leo (für sich). Er jauchzt wahrhaftig!

König (auffahrend). Sage mir nur noch, hilf meinem treulosen Gedächtniß! Was sagte ich? — Was erwiederte sie mir?

Leo. Nun ist's genug, nun will ich nichts mehr davon hören, daß Du Dich gar nichts mehr erinnerst. Deine Schüchternheit, Deine Zaghaftigkeit kommt schon wieder. — Besinne Dich — aber gut, dort kommt Clotilde selbst. Ihr werdet Euch mit einander schon am besten erinnern. (Bei Seite.) Mir ist selber ganz heiß, aber ich habe meine Schuldigkeit gethan. (Will gehen.)

König. Aber Leo, bitte, bleibe!

Leo. Nein, nein, kein Dritter mehr!

(Schüttelt den Kopf und geht links ab.)

7. Auftritt.

König (allein).

Ist es denn wirklich? — Ja, in allen großen Entscheidungsmomenten ist eine vereinzelte Seelenkraft

in Schlaf gehüllt; der Intellect tritt zurück, die be-
schloſſene That vollzieht ſich, elementariſch! — Da kommt
ſie, die holdſelige Erſcheinung, — o, du meine quellfriſche
metallreiche deutſche Mutterſprache, die du Beides in
eines knüpfſt, — hold und ſelig! Sie iſts, ſelig in ſich
und beſeligend, — ſie ſchreitet ſo langſam, — ſie ſchaut
nicht auf ... was wird ihr erſtes Wort ſein?

8. Auftritt.

Rönig. Clotilde (kommt langſam die Stufen der Terraſſe
herunter).

Clotilde. Ah, guten Morgen, Ihre Ruhe war
kurz.

König. Ja, die Ruhe war kurz. (Für ſich.) Aber
die Unruhe iſt groß. (Laut.) Erlauben Sie, daß ich
Sie noch einmal frage?

Clotilde. Bitte!

König. Nun denn — nein, nicht ſo — — was
ſagten Sie — — nein, was dachten Sie darüber, daß
ich mich zur Ruhe legen konnte?

Clotilde. Daß Sie ſich ausruhen mußten; Freude,
Glücksempfindung macht auch müde.

König. Freude — Glücksempfindung, ja, das war's
die höchſte! — Aber wie erſchien ich Ihnen? Was
dachten Sie über dieſe leidige Gewohnheit?

Clotilde. Wenn ich mir geſtatten dürfte, aus
Ihrer Seele heraus zu denken, ſo würde ich ſagen: es
iſt ein wohlgefügtes, eiſernes Geſetz, daß die Gewohnheit
ſich geltend macht nach Momenten höchſter Erregung.

König. Höchster Erregung? Ja, das war's, so ist's! Nun, bitte, helfen Sie mir!

Clotilde. Ich bin bereit!

König. Liebes Fräulein Clotilde, was sprach ich zu Ihnen, just an dieser Stelle?

Clotilde. Gutes, Erhebendes, Ueberschwängliches!

König. Ich habe aus voller Seele gesprochen, das weiß ich auch! Aber was habe ich gesprochen? Erinnern Sie sich?

Clotilde. O, gewiß! Ich glaube, ich könnte Ihnen Silbe für Silbe wiederholen.

König. O, das ist schön!

Clotilde. Aber freilich, den Zusammenhang der Gedanken und wie sie sich zu einander ordneten, das weiß ich nicht mehr.

König. Es wird auch nicht viel Zusammenhang und Ordnung gewesen sein. — Sie lächeln? — o, wie gut! Nun was sprach ich?

Clotilde. Sie sprachen erhaben über die Wissenschaft, — aber etwas ketzerisch gegen die Chemie, die mit ihrer Spectralanalyse den Sonnengott nicht in ihre Retorten einfangen kann!

König. Das sagte ich? Und dann?

Clotilde. Dann von Ihrer Studentenfahrt am Rhein und von Ihrem ersten Gedicht, in der Morgenfrühe, das mit den Worten anfängt:

„O Morgenluft auf Bergeshöhen" —

König (abwehrend). Ach bitte — — und dann?

Clotilde. Sie verglichen den Pessimismus mit jenem garstigen Wurm, der den Weinstock zerfrißt.

König (rasch einfallend). Erlauben Sie, die Phylloxera vastatrix ist ein Käfer, kein Wurm — es giebt auch eine geflügelte Species. (Sich besinnend.) Aber entschuldigen Sie, was sprach ich ferner?

Clotilde. Dann vom Optimismus.

König. Sonst Nichts? War ich so unartig?

Clotilde. Nein, Sie sagten mir auch Artigkeiten — von der Sonne, die Licht und Bewegung zugleich.

König. Ich sagte Artigkeiten? — weiter nichts?

Clotilde. Aber Herr Professor, was wollen Sie mir denn gesagt haben?

König (für sich). Ja, ich wollte, ich hätte es gesagt. (Laut.) Ach verzeihen Sie!

Clotilde. Schon wieder und immer wieder verzeihen Sie!

König. Nein, diesmal muß ich Sie dringend bitten, Sie müssen mir verzeihen. (Sich die Stirn reibend, — für sich.) Unbegreiflich! (Pause, — laut.) Verzeihen Sie, ich wollte Sie fast fragen, ob Sie auch zuviel Rauenthaler getrunken! — Also, ich habe wirklich weiter nichts gesagt?

Clotilde. Ich wüßte nicht!

König (für sich). Unbegreiflich! Ach, ich verstehe. Er wollte Offenbarung spielen und ich, ich glaubte ihm (zu Clotilde). O das ist unerhört!

Clotilde. Was denn?

König. Ganz unerhört. Adieu, mein Fräulein. (Ab.)

Clotilde (allein). Was das nur ist? So erhaben als wunderlich! Bald saust er wie Gott Apollo mit wallenden Locken auf dem Sonnenwagen durch alle Himmelsräume, und dann wieder ein Pedant, ein stotternder — — nein, nein — jetzt sage ich: verzeihe meinen häßlichen Gedanken, Du bist so rein, so innig, so tief, — eine Seele voll Andacht und voll Erkenntniß, voll Selbstvertrauen und voll Demuth, ein Kind und ein Weiser zugleich!

9. Auftritt.

Adelheid. Clotilde.

Clotilde (ihr entgegeneilend). Abi, liebe Abi, welch ein herrlicher Mensch ist Reinhold und eine Secunde, irre gemacht, unschön von ihm denken, ist höchste Sünde!

Adelheid (sie umarmend). O gewiß, Ihr werdet glücklich mit einander.

Clotilde. Mit einander?

Adelheid. Nie waren zwei Herzen mehr für einander geschaffen. (Für sich.) O, und mir ist als wenn etwas Unsichtbares an mir zerrte, und mir zuraunte: das Alles soll auf eine Täuschung, auf eine Lüge aufgebaut sein? (Laut.) Liebe Clotilde, laß Dir etwas erzählen.

Clotilde. Gern, aber ein ander Mal, nicht jetzt

Adelheid. Nein jetzt. Höre mich geduldig an!

Clotilde. Ich habe aber jetzt keine rechte Auf=merksamkeit!

Adelheid. Du wirst sie haben. — Erinnerst Du Dich des Edelfräuleins Adelaide von Lundeneck?

Clotilde. Gewiß, aber was soll das jetzt?

Adelheid. Sie ging immer nach der alten Mode, mit einem Hute nach der Form eines Eilwagencoupées, und kurz vor ihrem Tode hat sie mir ihre Geschichte erzählt. Sie war einst ein reizendes, vielumworbenes Mädchen. Sie liebte und wurde geliebt, ihr Geliebter war ein würdiger Mann, aber ein wortkarger See=fahrer. Er ging in See, es hieß, er wolle nicht um Adelaide werben, bevor er Kapitän zur See geworden. Er kam zurück, er war Kapitän zur See geworden, aber noch immer sprach er das erlösende Wort nicht; — er sah Adelaide an mit heißen Blicken, seine Lippen zuckten, aber er sprach nicht. Da that Adelaide einen entsetzlichen, ja wie sie es nannte frevelhaften Schritt — —

Clotilde (unterbrechend). Aber liebe Adi, was soll mir das jetzt? Ich höre dich kaum!

Adelheid. Nur noch eine Minute, Du wirst mich hören! Sie verlobte sich mit einem Andern, Gleichgültigen. Sie hoffte, daß Reinhold — er hieß auch Reinhold — jetzt das Wort sprechen und das unwürdige Band zerreißen würde, aber er schwieg, — und ging wiederum zur See, und kehrte nicht wieder.

Clotilde (nachdenkend). Und kehrte nicht wieder. — Und Adelaide?

Adelheid. Sie verkümmerte ihr einsames Leben in Trauer und Reue. „O, sagte sie, o, hätte ich Angehörige gehabt, die ihm und mir zum Worte verholfen hätten"! — Hörst Du, liebe Clotilde?

Clotilde. Ich höre!

Adelheid. Nun denn, Ihr, Du und Reinhold, Ihr habt Angehörige, — Du wirst es nicht Täuschung oder gar Betrug nennen?

Clotilde. Was soll ich so schelten?

Adelheid. Reinhold ist so redemächtig, seine Zuhörer sind hingerissen vom Strome seiner Beredsamkeit; aber zu Dir, seiner Geliebten, konnte er das Wort nicht finden, und da hat nun Leo — — — Du nimmst es gewiß gut auf, so gut wie es gemeint war? — —

Clotilde. Was war gut gemeint?

Adelheid. Leo hat Reinhold gesagt, daß er vom Rauenthaler ermuthigt, Dir seine Liebe bekannt und Herz und Hand angetragen habe.

Clotilde. Also das war's, warum ich ihm sagen sollte, was er gesprochen? Ei, das ist ja lustig!

Adelheid. Gottlob, daß Du es auch so ansiehst!

Clotilde. Ich meine aber, es ist abscheulich!

Adelheid. Es war so wohl gemeint!

Clotilde. Wohl gemeint? Ihr wolltet Diebe sein, wolltet stehlen, um mich reich zu machen; sein

harmloses Gemüth ausrauben und mich, mich — —
Alles ist zerstört, auf ewig. — Ich kann ihn nicht
wiedersehen, ich reise sofort zu den Eltern zurück. (Sie
klingelt.)

10. Auftritt.

Vorige. Kammermädchen.

Clotilde. Sofort einpacken, ich komme gleich nach.

Adelheid. Aber liebe Clotilde, ich bitte Dich,
verlaß uns nicht, bedenke doch — ! —

Clotilde. Da ist nichts mehr zu bedenken. Lebt
wohl! (Wendet sich.)

Adelheid (nachrufend). Aber Clotilde, so höre doch!
(Clotilde mit Kammermädchen links ab.)

11. Auftritt.

Adelheid. Leo.

Leo (kommt von links hinten). Clotilde! Wo geht
sie so eilig hin?

Adelheid. Sie verläßt uns!

Leo. Warum? was geht vor?

Adelheid. Sie weiß Alles!

Leo. Alles?

Adelheid. Sie hat's errathen, geahnt! Ich habe
es ihr offen erklärt, und nun ist sie empört und will
fort. Deine Intrigue —

Leo (sie unterbrechend). Aber Adi! Ich habe ja nur
vollführt, was Du gewollt.

Adelheid. Ich gewollt?

Leo. Nein, nein, ich irrte mich. Ich allein hatte den Plan, Du bist unschuldig!

Adelheid. Bin ich's nicht?

Leo. O Eva! Ja, ich, ich bin der Sünder. — Geschieht mir ganz recht. Ich muß wie Vater Adam sagen: verzeihe mir, lieber Herrgott, ich habe mich von ihr verführen lassen.

Adelheid. Aber Adam, was sprichst Du? Sei gut, lieber Leo, Du bist ja so gut.

Leo. Ich bin nicht gut, ich bin ein Erzschelm, ein Erzlügner!

Adelheid. Leo, ich gestehe ja, Du hast keine Schuld, ich allein, ich sehe ein — —

Leo (lustig). Eine Frau, die einsieht und eingesteht: ich habe Unrecht! . . Die Engel im Himmel singen Halleluja.

Adelheid. Es ist so, auf Täuschung kann man kein Glück aufbauen; darum habe ich's bekannt.

Leo. Laß Dich umarmen, Du Schnellbekehrte! Ja, es nagte mir auch an der Seele, daß ich das kind= liche Vertrauen Reinholds mißbrauchte. Ich danke Dir, daß Du auch mich befreitest. Komm, Adi, gieb mir Deinen Wahrheitsmund. Wir Beide taugen nicht zur List und Täuschung. Ich danke Dir!

Adelheid. Laß uns nun überlegen: Clotilde will fort, das darf nicht sein, sonst ist auf immer Alles verloren!

Leo. Wir lassen sie von einander Abschied nehmen

und im Abschiednehmen, im Gedränge der Empfindungen, werden sie gegen uns losziehen, dabei aber sich gegenseitig finden.

12. Auftritt.

Vorige. Clotilde (mit Hut und Mantel).

Leo. Du willst uns verlassen?

Clotilde. Ja, und ich bitte, sprich nicht weiter; Deine Stimme thut mir weh; ich hätte nie geglaubt, daß dieser Ton der Wahrhaftigkeit so — ich will das Wort nicht sagen!

Leo. Du hast Recht, empört zu sein, ich weiß, was Du noch sagen willst. (Halb spöttisch nachahmend.) Ihr habt mit zu täppischer Hand den Schmetterlingsstaub von den Flügeln der Psyche gewischt, und die Psyche getödtet......

Clotilde. Ich danke für Deinen dichterischen Spott. Lebt wohl!

Leo. Ich bitte Dich, ich rathe Dir, bleib, laß Gelegenheit zum Ausgleich!

Clotilde. Nein, ich gehe!

Adelheid. Du zürnst uns, Du magst Recht haben; aber was hat Dir Reinhold gethan? Warum willst Du ihn, den Unschuldigen kränken, und ihm nicht Lebewohl sagen?

Clotilde. Ich will nicht und ich kann nicht! Sagt ihm Lebewohl von mir!

Leo. Du kannst nach Deinem Belieben handeln.
Daß Du mir aber später keine Vorwürfe machst!
(Klingelt.)

13. Auftritt.
Vorige. Ein Diener.

Leo. Laß sofort für Fräulein anspannen und
rufe den Herrn Professor, er soll so gut sein hierher
zu kommen. (Diener ab.)

14. Auftritt.
Vorige (ohne Diener).

Leo. Sollen wir Dich allein lassen, um ihm
Lebewohl zu sagen?

Clotilde. Ihr martert mich, — nein, bleibt,
Ihr sollt hören!

15. Auftritt.
Vorige. Diener.

Diener. Der Herr Professor ist schon lange fort.

Adelheid. |
Leo.   } Was? Fort?

Diener. Er hat Hut und Paletot genommen,
hat sich den kleinen Braunen anspannen lassen, und
ist nach der Eisenbahnstation gefahren.

Leo. Schon gut. Geh! (Diener ab.)

16. Auftritt.
Vorige (ohne Diener).

Leo. Also fort von hier, von uns? Nun kannst
Du doch bleiben!

Clotilde. Nein, ich bleibe nicht! In zehn Minuten bin ich auf der Eisenbahn.

Leo. Wohin willst Du?

Clotilde. Natürlich zu den Eltern.

Leo (die Uhr ziehend). Der nächste Zug thalauf hält an unserer Station, — beeile Dich, mach schnell, dann könnt ihr noch miteinander fahren.

Clotilde. O nein, dann warte ich den nächsten Zug ab. (Ab.)

Adelheid. Sie darf nicht so von uns gehen. Ist Alles zerstört, so soll das gute Denken doch bleiben.

17. Auftritt.
Vorige. Diener.

Diener. Der Braune ist wieder da, er trieft nur so!

Leo. Und der Herr Professor?

Diener. Sind auch wieder da. (Diener ab.)

Leo. Ein weltgeschichtliches, ein kosmisches, ein Universalgewitter zieht herauf und entladet sich über meinem Haupt. Von Kain bis Talleyrand werden alle Mörder und Intriguanten Pfuscher und Stümper sein im Vergleich mit mir.

18. Auftritt.
Vorige. König.

König (athemlos sich den Schweiß von der Stirn wischend). Gut, daß ich Dich treffe!

Leo. Mich?

König. Ich durchschaue Dich, durch und durch!

Leo. Freut mich, daß ich so durchsichtig bin, — oder willst Du vielleicht (sich auf die Brust deutend) durch eine Kugel den Durchblick machen?

König. Was ist jetzt persönliches Dasein? Ein Atom? 70 Jahre Leben sind im Angesichte der Ewigkeit die Flugdauer des sprechenden Blitzes. Ich war gestorben, aufgelöst, und bin auferstanden; mir war ein Stetoskop gegeben, daß ich den Herzschlag des Universums vernehmen konnte.

Adelheid (zu Leo). Verstehst Du? Ich nicht!

Leo. Das geht über die Grenze berechtigter Schwärmerei. (Zu König.) Bitte, lieber Reinhold, hast Du auf dem Bahnhof etwas getrunken?

König. Ja, eine Flasche Sodawasser!

Leo. Du bist ganz sicher, daß es kein Kirschwasser war?

König. Der Pfropfen hat geknallt! — Ah, Du glaubst, ich sei — — — (hin und her gehend in Extase) Du verstehst die psychologische Thatsache nicht, daß gerade in Momenten höchster subjectiver Spannung wir grade in's Allgemeine bringen und es ist, wie wenn ein Schleier von der Welt weggezogen wäre, so durchsonnt, so durchklärt das All.

Leo. Wir gehören auch zum All, so erkläre doch!

König (fortfahrend). Es ist Entrücktheit der Seele. Während wir auf Dinge sehen, die uns eigentlich nichts angehen, auf Gleichgültiges, schweift die Seele in's

Unendliche hin und her, von Pol zu Pol. Aber wo ist Clotilde?

Leo. Sie ist da und will fort!

19. Auftritt.

Vorige. Clotilde.

König. Clotilde, Sie wollen fort?

Clotilde. Ja, ich muß fort!

König. Sie müssen?

Clotilde. Ja, es ruft mich fort von hier.

König. Es ruft Sie fort von hier?

Clotilde. Ich will zu meinen Eltern. Ich habe Heimweh!

König. Heimweh? Es giebt auch ein Heimwohl.

Clotilde (sich ärgerlich abwendend). Ich — — ich habe keinen Sinn für das neue Wort.

König. So erlauben Sie mir ein uraltes Wort, ein urewiges, nur eins! (Nimmt sie bei der Hand, führt sie bei Seite.) Mein Fräulein, ich habe etwas auf dem Herzen. (Deutet auf seine Brust.)

Clotilde. Nun?

König. Ja, ich muß es Ihnen sagen, — nein — nicht sagen — mittheilen.

Clotilde. Nun bitte!

König. Es flog durch die Berge und über die Höhen und klopfte an ein grünes Haus; die Geschwindigkeit des Sonnenlichtes —

Clotilde (unterbrechend). Aber bitte, ich habe jetzt keinen Sinn — auch nicht für den Sonnengott.

König. Ich verstehe! Also mein liebes Fräulein, ich — —

Clotilde (ungeduldig). Sie —

König. Es ist eigentlich nicht nöthig, hier nehmen Sie — (zieht einen Brief aus der Tasche.)

Adelheid. ⎱ Was ist das? Laß sehen!
Leo. ⎰

König. Nichts für Euch! Laßt uns allein, wir allein haben — (führt Clotilde bei Seite) Clotilde, Sie wissen — ich weiß — — Ich habe telegraphirt — —

Clotilde. An wen?

König. An Ihre Eltern.

Clotilde. An meine Eltern?

König. Ja, als ordentlicher Professor habe ich ordnungsmäßig gehandelt, und zuerst bei Ihren Eltern angefragt und die Antwort beim Telegraphen abgewartet. Hier lesen Sie!

Clotilde (reibt sich die Augen, das Papier entfällt ihren Händen, sie fällt König um den Hals mit dem Rufe). Reinhold!

Leo (das Papier aufhebend, liest mit Adelheid laut): „Unsern Segen zu Ihrer Verbindung mit unserer Tochter Clotilde!

Die glücklichen Eltern!"

König. Sagen konnt ich's nicht, aber telegraphiren. (Leo und Adelheid drohend.) O, Ihr Schelme!

Leo. Und zur Hochzeit trinken wir wieder Rauenthaler!

Der Vorhang fällt.

———

Eine seltene Frau.

Lustspiel in einem Aufzug.

Personen:

Antonie Währing, Wittwe.

Irene Hildenberg, ihre Cousine.

Oberforstrath Werburg.

Manfred Werburg.

Bruno von Staff.

Ein Diener.

Scene.

Großer, reich ausgestatteter Saal mit mehreren Etablissements, mit Tischen, auf denen Bücher, Albums liegen, Blumengestelle an passenden Orten, ein großer offener Balkon mit Ausblick in den Garten und auf Berge in der ersten Herbstfärbung, rechts zwei Thüren und links eine Thüre.

1. Auftritt.

Manfred und Antonie. Sie sitzen an einem mit Büchern belegten Tische.

Manfred. Mich freut es innig, daß sich uns wieder einmal eine tiefe Harmonie des Empfindens ergiebt.

Antonie. O! es giebt mehr als eine.

Manfred. Ich glaube, daß nur der jung bleibt, der ein ewiger Student ist. Auch in Ihnen ist ein Stück vom ewigen Studenten.

Antonie. Auch in mir?

Manfred. Ja, daß auch Sie dankbar sind für jede aufgeschlossene neue Erkenntniß, daß auch Sie das Gefühl wohligen Wachsens im Geiste empfinden —

Auerbach, Unterwegs.

Antonie. Gewiß! Ich hätte Ihrem Professor, der Sie auf Ihren Gletscherwanderungen begleitet und da den höchsten Lehrstuhl bestiegen hatte, gewiß auch mit dankbarer Aufmerksamkeit zugehört.

Manfred. Aber eines freut mich noch am meisten, weil es zugleich Anwendung auf uns findet. Es ist ein großes Naturgesetz, das sich auf uns Beide anwenden läßt.

Antonie. Ein Naturgesetz? auf uns?

Manfred. Ja. Der Professor erklärte mir die überraschende Thatsache: nicht der stetige Sonnenstrahl, sondern nur ein heißer Sturm schmilzt das Eis. Und so hoffe ich: was in Ihrem Gemüthe dem steten Strahl meiner Liebe Widerstand leistet, das wird auch einmal von einem heißen Sturm sich bewältigen lassen; ich harre dieses Sturmes, ich erhoffe ihn.

Antonie. Wie Sie Alles mit verklärendem Blicke sehen! Ja, sie sind ein Schönseher, während andere Menschen nur Schönfärber sind und —

Manfred. Und? Und?

Antonie. Sie überraschen auch immer mit seltsamen Anwendungen. Aber sagen Sie: haben Sie auf Ihren Hochalpenreisen immer nur Naturstudien gemacht? haben Sie denn gar kein Abenteuer erlebt?

Manfred. O doch, — doch, ein wunderbares.

Antonie. Ach, bitte, erzählen Sie.

Manfred. Drei Tage, nachdem ich wieder einsam geworden, ging ich dahin wie im Traum.

Antonie. Ich träume nie.

Manfred. Weil Sie der Traum eines Andern sind.

Antonie. Sie sind ein unverbesserlicher Gedanken=
verdreher. Erzählen Sie doch, ich bin begierig auf Ihr
Abenteuer.

Manfred. Nun denn, kennen Sie jene wunder=
same Seelenverfassung, in der man meint, in der nächsten
Minute kommt erst das wirkliche Leben, alles Bisherige
war nur provisorisch; plötzlich wird sich ein umge=
staltendes Wunder aufthun . . .

Antonie. Ich kenne es nicht, aber ich verstehe
es aus Ihrer Seele.

Manfred (halb träumerisch sprechend). Als mich der
Naturforscher verlassen hatte, wanderte ich wieder allein.
— Es war auf dem Wege nach der Furka — die
Sonne schien so hell, der Ausblick war so wonnig, so
hochtragend, um mich her blühten die Alpenrosen, und
ich war doch tief traurig. Da blühen die Blumen und
ich habe Niemand auf der Welt, dem ich eine Blume
brechen und bringen kann.

Antonie. Auch mir nicht?

Manfred. Auch Ihnen nicht. — Ich zweifelte
an Ihnen, an mir, an Allem, und doch war mir, als
müßten Sie jetzt und hier erscheinen und das Leben
finge nun erst an. Da sehe ich eine Mädchengestalt,
so hold wie vom jungen Tag geboren, sie sitzt am
Wege und singt die Mozart'sche Weise: „Endlich naht
sich die Stunde", und wie sie geendet: „daß ich mit

11*

Rosen bekränze Dein Haupt", da raffe ich unwillkürlich die Alpenrosen vom Boden auf und werfe sie auf sie hinab. Sie nimmt die Blumen von Haupt und Schultern und verschwindet. Und ich, aus innerster Seele heraus, ohne daß ich es wollte, rief, und eine Stimme des Vorwurfs und eine Stimme der Zuversicht ruft aus mir: Antonie! Antonie! und Antonie tönt es wieder von den Bergeszacken und aus den Schluchten; die ganze Hochalpenwelt ruft Ihren Namen „Antonie", so mächtig, so weit; es ist wie das Werde bei der Urschöpfung, es ist das Werde, das Werde meines Daseins ... Aber das Echo der Berge ist doch nicht mächtiger, als die Stimme in mir, die da ruft: Antonie! Sei mein, Antonie!

Antonie. Mein lieber Freund! Sie haben mir versprochen, mich nicht mehr zu bedrängen —

Manfred. Ich erwarte heute meinen Oheim, der Vaterstelle an mir vertreten hat.

(Man hört im Nebenzimmer singen: „daß ich mit Rosen bekränze Dein Haupt".)

Manfred (springt auf). Was ist das? Wer singt da?!

Antonie. Meine Cousine Hildenberg, sie ist gestern Abend angekommen, sie wird Ihnen gefallen, sie ist eine kindlich innige Natur.

Manfred. Sie hat wol Alles gehört?

Antonie. Gewiß nicht. Sie ist zu ehrlich, um zu horchen, und sie hat wol nur so laut gesungen, um damit anzuzeigen, daß sie hört. (Antonie klingelt.) Ich werde sie rufen lassen.

2. Auftritt.

Vorige. Diener (von rechts, zweite Thüre).

Antonie. Sagen Sie Fräulein Hildenberg, sie möchte hierher kommen, es sei Freundesbesuch da. (Diener ab rechts, erste Thüre.)

3. Auftritt.

Antonie. Nun bitte, haben Sie denn die Erscheinung nicht weiter verfolgt?

Manfred (in sichtlicher Verwirrung). Die Erscheinung? — Nein. Es war wie ein Wolkengebilde, in der Luft zerflossen. Was sollte es mir? — ich dachte ja nur an Sie. Und an Sie zu denken wehren Sie mir doch nicht? Nun bleibt mir ja kaum ein Anderes, da wir nun durch eine Fremde gestört werden.

Antonie. Meine Cousine wird Ihnen nicht lange eine Fremde sein.

4. Auftritt.

Vorige. Diener (von rechts, erste Thüre).

Diener. Das Fräulein läßt bitten, noch eine Stunde allein sein zu dürfen.

Antonie. Ach ja, sie schreibt regelmäßig an ihrem Tagebuch. (Diener ab rechts, zweite Thüre.)

5. Auftritt.

Antonie. Manfred.

Antonie. Wenn ich's mir recht überlege, hat sie — in's Mädchenhafte übersetzt — viel Aehnlichkeit mit Ihnen. Ihr seid Beide — ich meine das Wort in gutem Sinne —

Manfred. Was sind wir?

Antonie. Wie gesagt, ich meine es im guten Sinne — Ihr seid Beide . . . sentimental.

Manfred (etwas betroffen). Ich danke.

Antonie. Sie dürfen es freundlich aufnehmen. Ihr seid Beide grundehrliche Naturen, auch in Euren Ueberschwänglichkeiten.

Manfred. Bin ich überschwänglich? Ich glaube, Sie kennen mein Herz.

Antonie. Gewiß, es ist ein braves Herz, aber noch zu schwärmerisch, zu jugendlich aufbrausend.

Manfred. Jugendlich und immer wieder jugendlich! Das wiederholen Sie mir stets.

Antonie. Ich muß ja, weil Sie nicht einsehen wollen, daß ich zu alt für Sie —

Manfred. Zu alt? Und das ist Alles?

Antonie. Das ist mehr als Alles, denn es ist zu viel. Glauben Sie mir, lieber junger Freund; es ist mir schmerzlich genug, daß ich die Bedachtsame, die Matrone gegen Sie spielen muß.

Manfred. Spielen? — Sie sind, was Sie sind, die Besonnene, die Höhere; ich bin Ihrer nicht würdig.

Antonie. Aber Manfred!

Manfred. Nein, nein! Aber welcher Mann wäre Ihrer würdig?

Antonie. Sie überschätzen mich und unterschätzen sich selber. — Bitte, nicht diesen finsteren Blick! Sie müssen das Leben heiterer betrachten, Sie haben ja alles Recht dazu. Ach! Sie glauben gar nicht, was Lustigkeit so schön ist und das Leben so leicht macht.

Manfred. Ich sehe das vollkommen, aber freilich, Sie machen sich das Leben leicht und mir schwer.

Antonie. Schade, daß Sie versäumt haben, zu uns auf den Rigi zu kommen, wir waren so göttlich froh und leicht. . . .

Manfred. Wer sind die „wir"?

Antonie. Meine Cousine Hildenberg und ich ein junger Mann voll sprudelnden Humors — ja, ich hatte auch ein Abenteuer, aber das meine war kein Wolkengebilde und zerfloß nicht in der Luft. Kennen Sie die Thrannei des Sonnenaufgangs?

Manfred. Ich verstehe nicht.

Antonie. Ach Gott, man gilt ja für barbarisch, wenn man nicht allsommerlich Ein Mal den Sonnenaufgang mit Entzücken begrüßt hat, und freilich schön ist es, aber noch mehr komisch.

Manfred. Ich begreife nicht. Der Sonnenaufgang komisch?

Antonie. Ach, wer in ein Bild faffen könnte, in welchen Vermummungen da die Naturschwärmer erscheinen, wie unausgeschlafene Gespenster. Und so war ich denn eines Morgens in einen Plaid gehüllt auf Rigi-Kulm. Die alte hochehrwürdige Dame Sonne hat auch ihre Koketterie, sie läßt es vorher kalt sein, um nachher um so brillanter mit ihrer Wärme zu erscheinen. Sie finden solche Betrachtungen gewiß gotteslästerlich?

Manfred. Nein, nein, erzählen Sie nur weiter.

Antonie. So stehe ich nun da und wittre Morgenluft. Da entreißt mir plötzlich ein tückischer Windstoß meinen Plaid. Kaum verspüre ich's, so fühle ich, wie mich etwas umwickelt; ein Mann hüllt mich über und über in eine dicke Decke und springt den todesgefährlichen Berghang hinab. Ich schreie in Ent=setzen auf, aber er hascht meinen Plaid, ist behende wieder da und sagt: „Bitte, behalten Sie die Decke, vergeuden Sie jetzt kein Wort an einen Sprößling des Uraffen. Dort öffnet die große Mutter Sonne stumm den großen Blick" . . . Es war dann überaus heiter, als wir in dem großen Saal die Umhüllungen tauschten.

Manfred. Und wer war der Mann?

Antonie. Herr Bruno v. Staff.

Manfred. Und was ist er?

Antonie. Ich glaube, auch Landwirth, aber ich habe nicht danach gefragt; er ist ein liebenswürdiger, lebensfroher Mann, voll Schalkhaftigkeit. Ach, wie viel haben wir gelacht, und er lacht so grundehrlich, und es ist ja eine alte Erfahrung: gemeinsames Lachen macht am ersten einig.

Manfred. Sie waren also schnell einig?

Antonie. Wie man es mit einem Mann von guter Erziehung ist. Dazu hat er eine der schönsten Eigenschaften — wenn man ein Fehlendes eine Eigenschaft nennen kann — er hat nichts von der nervösen Unruhe unserer Zeit, er ist nie aufgeregt und nie abgespannt, und hat — mit einem Wort keine Stimmungen, gar keine.

Manfred. Dessen kann ich mich nicht rühmen.

Antonie. Ach Sie, Sie sind ein ganz anderes Menschenkind, Sie haben ganz andere Vorzüge.

Manfred. Ich danke. Dieser Herr Bruno v. Staff hat Ihnen sehr gefallen?

Antonie. O! Gewiß. Er neckte sich auch viel mit meiner Cousine Irene. Irene sprach einmal von den im Abendroth vergoldeten Hörnern der Schneeberge, und als sie am Morgen auf die Wiese kommt, um Milch zu trinken, waren die Hörner der Kuh vergoldet, und ein Gedicht . . .

(Diener tritt ein mit einer Karte auf einem Brett.)

6. Auftritt.

Die Vorigen. Diener (von rechts, zweite Thüre).

Diener. Herr v. Staff wünscht seine Aufwartung zu machen.

Antonie (zu Manfred). Da sehen Sie, wie man einen Menschen durch Gedanken heranziehen kann. (Zum Diener.) Herr v. Staff ist willkommen. (Diener ab.)

7. Auftritt.

Antonie und Manfred.

Antonie (aufstehend). Wie mich das freut.

Manfred. Sie scheinen ja hoch beglückt, den Mann wieder zu sehen.

Antonie. Hochbeglückt? — Sie haben wieder ein viel zu gewichtiges, zu schweres Wort. Es ist amüsant, lustig . . .

8. Auftritt.

Die Vorigen. v. Staff (von rechts, zweite Thüre).

Antonie. Seien Sie willkommen, Herr v. Staff.

v. Staff (mit Selbstsicherheit aber nicht geckenhaft auftretend). Ich empfange mit Wonne das holde Lächeln von der Alpenhöhe, es giebt auch einen Sonnenaufgang . . .

Antonie (ihn unterbrechend). Erlauben Sie. Herr v. Staff, (vorstellend) Herr Manfred Werburg.

v. Staff. Sehr angenehm.

Manfred. Ebenfalls.

v. Staff. Und nun, gnädige Frau, und nun? (Pause.) So sei es denn! Guten Morgen, Vielliebchen!

Antonie. Ach Gott, daran dachte ich gar nicht mehr; Sie haben gewonnen.

v. Staff. Schon, daß ich dieses Wort sagen durfte, ist höchster Gewinn.

Antonie. Wie haben Sie denn weiter gelebt, nachdem wir abgereist waren?

v. Staff. Wenn die Rosen abgebrochen sind, ist der Rosenstock nur noch ein Dornstrauch.

Antonie (ablenkend). Und wie war die Gesellschaft?

v. Staff. Da kann ich Ihnen Lustiges berichten. Also das Elephantenkalb hat in der That einen Korb bekommen.

Antonie (zu Manfred). Es war da ein äußerst widerwärtiger, baumlanger und ungeschlachter, stets in Grau gekleideter junger Mann, der zu unserem Bedauern einer anmuthigen jungen Schweizerin den Hof machte; Herr v. Staff nannte einmal den jungen Mann im Beisein des jungen Mädchens das Elephantenkalb. — Das hat also doch gewirkt.

Manfred (für sich). Gerade edel ist das nicht, auf Kosten Anderer lustig zu sein.

Antonie. Wissen Sie, daß meine Cousine Hildenberg auch hier ist?

v. Staff. So? Also das zarte Andante ist auch hier? (In leichter Wendung.) Gnädige Frau, wenn ich Sie so wiedersehe, verachte ich die ganze heutige Männerwelt, die Sie so ungefesselt läßt.

Manfred (für sich). Was wagt der Mensch!

Antonie (ablenkend). Welcher Zufall führt Sie hierher?

v. Staff. Ich bin ein Glückspilz. Sehen Sie, deshalb habe ich mir den breiten Hut angeschafft; sehe

ich da nicht ganz aus wie ein Pilz? (Hat den Hut auf=
gesetzt, nimmt ihn aber sofort wieder ab.) Also ich dachte dar=
an, vor der Heimkehr aus der Schweiz noch irgend
wo Station zu machen, wußte aber nicht wo.

Antonie. Und da fiel Ihnen das Andenken an
mich ein?

v. Staff. Nein, ich muß meine Schuld bekennen;
denn an was man immer denkt, fällt einem nicht ein.
Ich wußte aber leider nicht den Fleck der Erde, der
sich Ihre Heimath nennen darf.

Antonie. Und wie erfuhren Sie das?

v. Staff. Ich traf unterwegs ein capitales
Original, einen Forstmann, eigentlich eine feine Natur,
aber er liebt Derbheiten und die bringt er stets unter
der Etiquette vor: (nachahmend) wie mein alter Förster
Werner sagen würde.

Manfred. Das ist mein Oheim.

v. Staff. Das ist Ihr Oheim? — Nun, und
von diesem höre ich, daß die gnädige Frau hier, und
so komme ich, sehe und bin wieder besiegt.

Manfred (für sich). Lächerlicher Possenreißer!
Und an solchem Menschen kann sie Gefallen finden?

Antonie. Bitte entschuldigen Sie mich, ich muß
nach meiner Cousine sehen (klingelt). Und nun ein Wort
an Sie Beide (sie nimmt die beiden Männer hüben und drüben
an der Hand). Jean Jacques Rousseau erzählt einmal:
wenn er zwei Freunde, die sich bisher nicht kannten,
mit einander bekannt gemacht hatte und sie allein ließ,

wurden sie schnell herzeinig, denn . . . sie hatten Beide ein gemeinsames, worauf sie losziehen konnten, und das war Er. Nun bitte, meine lieben Freunde, lassen Sie mich nicht die gleiche Erfahrung machen. (Zum Diener.) Weisen Sie dem Herrn v. Staff sein Zimmer im Pavillon an. (Antonie ab nach rechts, erste Thüre. Diener will das Zimmer anweisen, v. Staff bedeutet ihm, abzugehen.)

9. Auftritt.
v. Staff. Manfred.

v. Staff. Ich glaube, das Wort des Melancholikers findet auf uns keine Anwendung, im Gegentheil, wir können uns helfen.

Manfred. Danke für Ihre Freundlichkeit.

v. Staff. Sie danken auch für Ungenossenes? (Pause.) Ich wiederhole, wir können uns helfen. Erlauben Sie mir die Bemerkung, Sie scheinen mir sentimental, und ich . . .

Manfred. So? So schnell sind Sie mit mir fertig?

v. Staff. Man hat mir viel von Ihnen erzählt, und ich beneide Sie. Aber, wie gesagt, wir können uns helfen, Sie mir mit Sentiments . . .

Manfred. Und Sie mir mit Witz; ich bin allerdings nicht witzig.

v. Staff. Selbsterkenntniß ist die Zierde des Mannes und macht ihn weise. Sie haben ein gewisses Recht, Sie sind der ältere Freund des Hauses.

Manfred. Sehr verbunden, daß Sie das anerkennen.

v. Staff. Das Leben ist so kurz, ich verliere nicht gerne Zeit mit Antichambriren vor der Herzkammer.

10. Auftritt.

Vorige. Diener (von rechts, zweite Thüre).

Diener (zu Manfred). Der Herr Oberforstrath Werburg läßt Sie bitten.

Manfred (zu v. Staff). Entschuldigen Sie. (Geht ab rechts, zweite Thür.)

11. Auftritt.

v. Staff. Diener.

v. Staff. Nun, wie geht es denn, alter Paul.

Diener. Danke, Herr Oberlieutenant.

v. Staff. Nennen Sie mich nicht Herr Oberlieutenant und danken Sie nicht. (Giebt ihm ein Stück Geld.) Hier nehmen Sie. Haben Sie Fräulein Hildenberg bereits gesagt, daß ich hier bin?

Diener. Gesagt hab' ich es ihr.

v. Staff. Und was hat sie erwiedert?

Diener. Eigentlich Nichts, sie hat an dem großen verschließbaren Buch geschrieben.

v. Staff. Und sie hat weiter geschrieben?

Diener. Nein, sie ist aufgestanden und hat gesungen.

v. Staff. Wann ist Fräulein Hildenberg angekommen?

Diener. Gestern Abend spät.

v. Staff. Hat dieser Herr — ja, wie heißt er doch? — dieser Herr Manfred Werburg sie bereits gesprochen?

Diener. Nein.

v. Staff. Ist er von früher her gut befreundet mit Fräulein Hildenberg?

Diener. Ich wüßte nicht.

(v. Staff geht trällernd mit dem Diener ab nach links.)

12. Auftritt.

Manfred. Sein Oheim Werburg (von rechts, zweite Thüre).

Manfred. Sie kommen zum Tag der Entscheidung.

Werburg. Vielleicht kommt der Tag der Entscheidung mit mir. Manfred, Junge, was machst Du für Geschichten? Du willst heirathen?

Manfred. Ja, Oheim, ich liebe.

Werburg. Und wirst wieder geliebt?

Manfred. Ich glaube.

Werburg. Du glaubst? Du weißt es nicht gewiß? Manfred! Es giebt keine wirkliche Liebe ohne Gegenliebe. Ich muß Dir immer wieder sagen, Du bist nicht stolz genug. Ein weibliches Wesen, das einen Mann nicht wieder liebt, ist seiner Liebe nicht werth.

Aber eigentlich freue ich mich, daß es so ist; dann ist die Sache ja noch leichter.

Manfred. Nein, Oheim, wenn ich hier ver= schmäht werde, ist mein ganzes Leben vernichtet.

Werburg. Oho, oho! Spricht ein Mensch von dreißig Jahren — Du bist noch nicht einmal ganz dreißig — vom vernichteten Leben. Denke, Dein seliger Vater stände vor Dir.

Manfred. Sie haben Vaterstelle an mir ver= treten.

Werburg. Und will es heute erst recht. Man= fred, ich habe Kugel und Schrot geladen, je nachdem. Manfred, Du hast Dich von einer bestandenen Wittwe eingarnen lassen; ja, so sind sie um die vierziger Jahre herum, da suchen sie ein junges Blut.

Manfred. So alt ist sie lange nicht, wenn sie auch älter ist als ich; sie sieht noch sehr jung aus.

Werburg. War Deine Wittwe in Paris?

Manfred. Ja.

Werburg. Dann hat sie alles Fangzeug mit= gebracht. Aber, Junge, ich bin praktisch, ich habe sie schußgerecht umstellt. Hat sie Dir einmal deutlich, grad heraus, nach Datum und Jahr, ihr Alter an= gegeben?

Manfred. Aber Oheim, wie kann man das erwarten? Das wäre undelicat.

Werburg. Freilich, freilich, man spricht nicht davon; aber über jeden Menschen, Mann und Weib,

geiftreich oder nicht, wird Buch geführt; und da habe
ich nun — merkft Du?

Manfred. Nein.

Werburg. Ich habe dem Paftor ihres Geburtsortes geschrieben und mir ihren amtlich beglaubigten
Taufschein ausfertigen laffen. Die kleine Lift war noth-
wendig. Ich habe dem Paftor zu verstehen gegeben,
ich verlange das im Namen der Wittwe und den Taufschein unter ihrer Adreffe an mich hierher beftellt. Du
fiehft, ich bin discret.

Manfred. Aber Oheim, das ift ja gleichgültig,
wie alt man ift; ich will nicht fagen, daß man in der
himmlischen Seligkeit nicht Tage, nicht Jahre zählt.

Werburg. Da thuft Du auch wohl daran, denn
ich würde Dir fagen: aber auf Erden zählt man
danach.

Manfred. Sie zum Beispiel, Sie find fo
jugendlich frisch, und auch Antonie, Sie werden
ftaunen . . . Still, sie kommt.

13. Auftritt.

Vorige. Antonie und Irene (von rechts, erfte Thüre).

Werburg (leife zu Manfred). Welches ift Deine
Wittwe?

Manfred (leife). Die größere im blauen Kleide.
(Für fich.) O, Himmel, das ift ja das Mädchen von
der Furka. (Er ftellt fich feitwärts.)

Werburg (vortretend, fich vorftellend). Oberforftrath

Werburg! Entschuldigen Sie, gnädige Frau, meinen
Ueberfall, aber es verlangte mich —

Antonie. Sie sind mir herzlich willkommen.
Ihr Herr Neffe hat mir Theil gegeben an seiner Ver-
ehrung für Sie. Erlauben Sie, meine Cousine Irene
Hildenberg vorzustellen.

Werburg. Hildenberg? Sind Sie die Tochter
des Obristen?

Irene. Ja, kannten Sie meinen Vater?

Werburg. Und verehrte ihn; war ein Kern-
mann, streng im Dienst, aber die reine Güte im Um-
gang.

Irene. Wer so von meinem Vater spricht, ist
mir kein Fremder. (Reicht ihm die Hand.) O, guter Gott,
wie thut das wohl! Daheim, daheim! Groß und
erhaben sind die Schweizer Berge, aber so fremd, so
starr, und, Herr Werburg, aus Ihrer grundguten
Stimme grüßt mich die Heimath, das Vaterland.

Werburg. Was sind Sie für ein liebes, her-
ziges Kind! Ich sah Sie damals, als ich noch Lieute-
nant war, auf den Armen Ihrer Mutter. (Irene spricht
mit Werburg leise weiter.)

Antonie (die zu Manfred geht). Was ist Ihnen?
Was starren Sie so drein?

Manfred. Ihre Cousine ist das Wolkengebilde
von der Furka.

Antonie. Die mit Rosen bekränzte? (Für sich.)
Dachte ich's doch. (Laut.) Bitte, kommen Sie. Irene,

hier stelle ich Dir meinen Freund, Herrn Manfred
Werburg vor.

Irene. Sie? Sie sind Manfred Werburg? —
Entschuldigen Sie meine Betroffenheit. (Sich fassend.)
Sie haben eine wundersame Aehnlichkeit mit . . .
Nicht wahr, Antonie? eine wundersame Aehnlichkeit
mit unserem Vetter, der bei Sedan gefallen ist. (An=
tonie bei Seite ziehend.) Antonie, dieser Manfred Werburg ist mir einmal wie im Traum erschienen, wie
wundersam, bevor ich auf den Rigi kam. Wenn Du
es genau wissen willst, lies darüber nach in meinem
Tagebuch vom 23. Juli. Nur bitte, laß mich jetzt
gehen.

Antonie (laut). Ja, liebe Irene, geh' Du jetzt in
den Park, brich mir aber nicht zu viel Blumen ab.
(Irene ab rechts, zweite Thür.)

14. Auftritt.
Manfred. Werburg. Antonie.

Werburg (laut). Manfred, ich muß Dir auch
etwas sagen. Wenn zwei Menschen gradaus sich sollen
kennen lernen, da darf nicht ein drittes dabei sein,
das Beide schon kennt.

Manfred. Ich soll mich also auch entfernen?

Werburg. Freut mich, daß Du meine leise
Andeutung so gut verstehst.

Antonie. Gehen Sie zu meiner Cousine in den
Park. (Manfred ab rechts, zweite Thüre.)

15. Auftritt.

Antonie. Werburg.

Werburg. Gnädige Frau, ich bin ein alter Deutscher.

Antonie. Deutscher, Gottlob, aber alt —?

Werburg. Danke für die Freundlichkeit.

Antonie. Es war keine. Wir sind Alle als wirkliche Deutsche noch sehr jung.

Werburg. Brav, grundbrav. Ich sag' es grad-aus. Sie gefallen mir. Ich habe Sie mir nicht so schön, so frisch gedacht.

Antonie. Sie sagen Schmeicheleien in bieder-herzigem Tone.

Werburg. Ist es eine Schmeichelei, wenn man einer aufgeblühten Rose sagt: Du bist schön, einem hohen Berge: Du bist erhaben?

Antonie. Ich bin aber weder Blume noch Berg. Ich höre und kann antworten.

Werburg. Gnädige Frau, ich habe Ihnen vor Allem herzlich zu danken.

Antonie. Zu danken —?

Werburg. Ja, die letzte bildende Hand, deren ein Mann und auch ein so tüchtiger Mann wie Man-fred bedarf, ist und bleibt die Frauenhand. Gnädige Frau, ich bin hierher gekommen mit allerlei Grobzeug, wie mein alter Förster Werner sagen würde; aber nun ist's vorbei. Ich habe mich in Ihnen getäuscht.

Antonie. In mir?

Werburg. Ja, ich erwartete in Ihnen die be=
kannte junge Wittwe zu finden.

Antonie. Die bekannte junge Wittwe?

Werburg. Ja, die bekannte junge Wittwe, wie
sie wildwachsend des Sommers in der Schweiz, in den
eleganten Badeorten, des Winters aber in Berlin, Paris
und Wien, vorzugsweise aber gern — mit etwas Kunst=
betrieb frisirt — in Rom gedeiht. Das ist Frau und
versteht Mädchen zu spielen.

Antonie. Dürfte die bekannte junge Wittwe
nicht auch Matrone spielen? (Pause.) Ich habe mich
in Ihnen ebenfalls getäuscht, ich erwartete einen nägel=
besohlten Polteronkel, eine ungehobelte Biederherzigkeit
vom Lande und finde —

Werburg. Und finden?

Antonie. Einen polirten Weltmann von der
neuen, von der offenherzigen Sorte.

Werburg. Bin kein Weltmann, eher ein Wald=
mensch; erlauben Sie mir aber eine offene Frage . . .

Antonie (einfallend). Erlauben Sie mir eine offene
Antwort auf Ihre unausgesprochene Frage. (Pause.)
Ja, Herr Werburg, ich bin älter, viel älter, grausam
älter, wie die Bauern meiner Heimath sagen.

Werburg. Und das sagen Sie mit lachendem
Munde?

Antonie. Warum nicht?

Werburg. Gnädige Frau, Sie sind . . .

Antonie. Was bin ich?

Werburg. Gnädige Frau, wer an Seelenwan=
derung glaubte, müßte sagen, Sie sind vor dreihundert
Jahren schon einmal verbrannt worden — als Hexe.

Antonie. Sie sind sehr scherzhaft.

Werburg. Und ich möchte sehr ernsthaft mit
Ihnen reden. Sie und Manfred! — Mein alter
Förster Werner würde sagen: Es ist wider die Natur=
geschichte! Schon der Erzvater Adam war älter als
die Erzmutter Eva.

Antonie. Sie holen Ihre Beweise weit her.

Werburg. Ich habe sie auch näher und sage
Ihnen, Sie werden durch Manfred gekränkt.

Antonie. Ich? — Durch Manfred?

Werburg. Ja. Wer würde bei Ihrer Erschei=
nung, Ihrem Wesen, von Ihrem Alter sprechen? Nun
aber, da Manfred jünger, spräche Jeder von Ihrem Alter.

Antonie. Das sagen Sie auch?

Werburg. Hat es Ihnen schon Jemand gesagt?

Antonie. Nein, Niemand, ich, ich selber habe
mir mein Alter vorgesetzt.

Werburg. Vorgehalten, meinen Sie. Das ist
ehrlich und schön. Und, gnädige Frau, ich hatte eine
Freundin, sie war auch ehrlich und rechtschaffen ge=
wesen, und die Arme schminkte sich und erschien nur
am Abend, weil sie sich da besser ausnahm neben ihrem
jungen Gatten.

Antonie. Und wie verhielt sich der Mann?

Werburg. Der Mann? Er war voll Aufmerksamkeit gegen seine Frau, aber das ist doch nicht Liebe. Mein alter Förster Werner hat eine solche Liebe immer Stallfütterung genannt.

Antonie. Ihr alter Förster Werner war nicht sehr zart.

Werburg. Ich wollte Sie nicht kränken, Sie gekränkt zu haben, würde ich mir nie verzeihen. Sie sehen heute freilich jünger als Ihre Jahre, aber denken Sie um zehn Jahre weiter. Gnädige Frau, ich habe in ganz discreter Weise an den Pastor Ihres Geburtsortes geschrieben und mir hierher bestellt ...

Antonie. Meinen Taufschein?

Werburg. Sie nehmen mir doch meine Maßnahme nicht übel?

Antonie. Im Gegentheil, es freut mich.

Werburg. Es freut Sie?

Antonie. Ja.

Werburg. Sie sind eine wunderbare, eine seltene Frau.

16. Auftritt.

Vorige. v. Staff (von links).

v. Staff. Störe ich?

Werburg. Mein alter Förster Werner würde sagen: Ja, lieber Herr, Sie stören uns; wir bedürfen noch einiger Minuten.

Antonie (einfallend). Wir haben noch etwas

Praktiſches zu beſprechen, etwas ſehr Praktiſches, Akten=
mäßiges. — Ja, lachen Sie nur, ich kann auch prak-
tiſch ſein.

v. Staff. Ich zweifelte nie, daß Sie nicht nur
allgütig, ſondern auch allmächtig.

Antonie. Die jungen Leute ſind im Park.

v. Staff. Wer?

Antonie. Meine Couſine.

Werburg. Und mein Neffe.

Antonie. Gehen Sie links nach dem Hügel —

v. Staff. Ich werde ſie ſchon finden. (Ab rechts,
zweite Thüre.)

17. Auftritt.

Werburg. Antonie.

Werburg. Das ſcheint mir ein gediegener Mann,
ein beſtandener, ſiebzehnmal durchgeſiebter Mann, wie
mein alter Förſter Werner ſagen würde; mit dem
könnte eine verſtändige Frau ſehr glücklich ſein.

Antonie. Das glaube ich auch.

Werburg. Und Ihre Couſine Irene iſt ein ſo
jugendlich friſches Weſen . . .

Antonie (einfallend). O gut, daß Sie mich erinnern, erlauben Sie eine Minute. (Ab rechts, erſte Thüre.)

18. Auftritt.

Werburg (allein).

Eine herrliche Frau, würde Manfred ſagen. Ja
wohl, nur ſchade, daß die irdiſchen Engel nicht wie

die himmlischen immer und ewig siebzehn Jahr alt bleiben.

19. Auftritt.

Werburg. Antonie (kommt von rechts, erste Thüre, mit einem großen mit Spangen und Schloß versehenen Buch).

Antonie. Herr Werburg! Ihr Neffe Manfred ist gerettet.

Werburg. Gerettet?

Antonie. Ja, sehen Sie, hier ist ein Buch, für alle anderen Menschen mit sieben Siegeln verschlossen; für mich allein offen; denn Irene hat kein Hehl vor mir; und hier steht es: Irene und Manfred sind sich schon einmal begegnet, man könnte sagen, in einer überirdischen Liebe.

Werburg. Ich verstehe nicht —

Antonie. So lesen Sie mit mir. (Beide schlagen das Buch auf.) Sehen Sie, ja hier, da ist es. (Sie liest.) Andermatt, den 23. Juli. Es ist kein Märchen, es ist so wirklich wie die Blumen, die ich hier einlege. Es war auf dem Wege nach der Furka, ich war die Win= dungen, die sogenannten Kehren, dem Wagen voraus= gegangen, ich saß träumend am Wege, mir war so wohl in der Bergeshöhe, mir war, als athmete ich den Himmel und könnte mit den Vögeln fliegen über die Klüfte weg und in den Felsenriffen wohnen.

Werburg. Wie das nun so schön geschrieben ist! Ja, die guten Schulen jetzt!

Antonie (weiter lesend). Da fühle ich, es fallen Alpenrosen auf mich nieder, auf mein Haupt, auf die Schultern, auf die Hände, vor die Füße, ich stehe in einem Blumenregen. Ich schaue auf — an steiler Halde steht ein Mann und wirft immer mehr Alpenrosen auf mich nieder. Ich eile davon, wie wenn mir ein Geist erschienen wäre. Aber war es ein lebendiger Mensch und wäre er herabgekommen, und hätte mich in jener Minute in die Arme genommen, ich wäre ihm willig gefolgt — in die Wildniß, in den Tod. (Aufschauend und sprechend.) Das ist Liebe, das ist vollherzige Liebe.

Werburg. Ja, das ist Liebe, aber wer war der Mann?

Antonie. Lesen wir weiter. (Lesend.) Ich sah ihn in Andermatt wieder. Ich war verschleiert, er erkannte mich nicht, er war mit einem Freunde und sagte diesem ein schönes Wort: Die Eisberge sind fast ein Bild der Philosophie, starr, farblos; aber sie versorgen die Ströme und die im Sommer dürstenden Niederungen mit dem Urelement des Wassers.

Werburg. Wunderlich! Schreibt sich das Kind das auf! Aber wer war der Mann? Steht das nicht auch da? Hat sie ihn nicht nochmals gesehen?

Antonie. Wer der Mann war? Ihr Neffe Manfred, er hat es mir selbst erzählt.

Werburg. O, das ist ja herrlich, sie passen für einander, sie sind Beide treuherzig, zartsinnigen, weichen Gemüths, und vor Allem, sie sind jung. Bitte, gnädige Frau, nehmen Sie mir das nicht übel.

Antonie. O, ich hatte ja verzichtet, schon lange. Ich muß Ihnen gestehen, es klingt unbescheiden . . . ich widerstrebe der Werbung des Herrn Manfred . . .

Werburg. Wegen Ihres Alters?

Antonie. Weil ich mich über Manfred stehend, ihm überlegen, ihm übergeordnet fühlte, und das soll doch nicht sein.

Werburg. Gewiß, das soll nicht sein. Die Frau soll aufschauen zur Hoheit des Mannes. Aber Sie irren sich doch, Sie kennen Manfred nicht ganz; er hat sich vor Ihnen kleiner gemacht, aber er ist nicht nur voll Herzensgüte, er ist auch tüchtig von Charakter, von starker Willenskraft, so daß keine Frau über ihm steht; er ist nur zu bescheiden.

Antonie. Sind Sie nicht statt seiner eitel?

Werburg. Erlauben Sie mir, Ihnen zu bemerken: die paar Jahre, die Sie älter sind als er, haben Sie — wie soll ich doch sagen? — weltfertiger gemacht, aber an Tiefe und Festigkeit und Geradheit steht Manfred Niemandem nach.

Antonie. Und das sagen Sie mir, nachdem ich verzichtet? Es freut mich aber, daß Sie Herrn Manfred so hoch, hoch über mich stellen.

Werburg. Gnädige Frau, Sie sind größer, als Sie denken, größer, als ich je von einem Menschen und gar von einer Frau geglaubt hätte. Nun aber zeigen

Sie sich auch der höchsten Größe würdig. (Pause.) Sie antworten nicht? —

Antonie. Ich erwarte, daß Sie mir meine Größe nennen.

Werburg. Gnädige Frau! Als ich hierher fuhr und zufällig diesem Fremden Ihren Namen nannte und daß Sie hier in der Nähe seien, da durchzuckte es ihn wie ein Blitzstrahl. Und nun, darf ich es sagen? — soll ich es sagen?

Antonie. Sprechen Sie.

Werburg. Gnädige Frau, dieser Mann, der etwas hat, wie eine stählerne Klinge, sieben Mal im Feuer gehärtet, der paßt zu Ihnen. — Und nun kommt meine Erwartung, ob Sie des Größten fähig sind.

Antonie. Das wäre also Herrn v. Staff zu heirathen?

Werburg. Heirathen käme erst später. Mein Neffe Manfred — Sie kennen ihn — ist eine feine und zarte, aber auch treue Natur; er wird entsetzlich mit sich kämpfen, daß er in Untreue verfallen soll. Gehen Sie ihm also mit gutem Beispiel voran.

Antonie. Mit gutem Beispiel?

Werburg. Ja, ohne viel Zieren und Zagen reichen Sie Herrn v. Staff die Hand, und dann werden die jungen Leute Ihnen die Hand küssen.

Antonie. Das meinen Sie —! Nun nur noch eine Frage —

Werburg. Bitte, jede.

Antonie. Sie verlangen das von mir, weil ich ... älter bin, die Aeltere und Klügere. Wenn ich aber Manfred doch liebte? ...

Werburg. Sie stellen sich über ihn, das ist nicht Liebe. Ich lasse Sie nun allein, Sie werden sich in sich besinnen. (Ab rechts, zweite Thür.)

20. Auftritt.
(Antonie allein.)

Ich habe diese Lection verdient. War es denn Sünde, daß ich das Alter vorschützte und bin ich in der That unfähig zu der vollen Liebe? O, du klopfend Herz, du sagst mir, wie ich ihn liebe. War es Hoch=muth? Ja, das war's, und doch war es wieder Klein=muth, und ich schützte mein Alter vor. Dort, schau, sie kommen. Ja, so sind sie, die Sentimentalen, weich=herzig, wankelmüthig, und thun vor sich selber noch schön damit. (Sie geht nach dem offenen Balkon, wo sie nicht mehr gesehen wird.)

21. Auftritt.
Irene. Manfred (von rechts, zweite Thür).

Irene. Wie ich Ihnen sagte, auf den Tag hin genau so ist's.

Manfred. Und Sie, liebe Freundin, bewahren vorerst unser Geheimniß treu und fest.

Irene. Treu und fest, Sie müssen nur kühner und zuversichtlicher sein. Sie hat nur Respekt vor Stärke. Seien Sie stark.

Manfred. Ich werde stark sein.

Antonie (die bei den letzten Worten wieder eingetreten ist, von den Anderen ungesehen, für sich). Auch ich werde stark sein.

Manfred (Antonie erblickend, für sich). Sie ist da, sie hört. (Laut.) Ja, liebe Irene.

Antonie (bei Seite). Liebe Irene! — So weit schon?

Manfred (leise). Bitte, gestatten Sie mir eine zutrauliche Anrede. (Laut.) Ja, liebe, schnell gewonnene Freundin! So ist's. Eine Frau, die da sagt: das kann ich erwarten, das muß ich verlangen, eine solche hat die ihr angeborne Höhe der Majestät aufgegeben und stellt sich auf den dürren Boden des Vertrages, des Rechtens und Ringens um Mein und Dein in der Herrschaft. Eine Frau wie Antonie hätte sein können wie die Sonne; die Sonne kündet nichts von ihrem Anspruche auf Herrschaft, sie leuchtet und beherrscht Alles.

Antonie (für sich). O mein Gott, was habe ich gethan! (Sie tritt vor.)

Irene (Antonie erblickend). Ach, liebe Cousine, wie schön ist's bei Dir! Das liebliche Thal und die sanften, bescheidenen Hügel, das ist doch viel wohlthuender als die schroffen Schweizer-Berge. (Sie setzen sich zur Seite und sprechen weiter.)

22. Auftritt.

Vorige. Werburg (von rechts, zweite Thüre).

Werburg (bei Seite, leise). Manfred, Junge, jetzt ist Alles gut, das ist die Rechte für Dich. Da ist Jugend, da ist Demuth, da ist schlichte Geradheit, da ist Dankbarkeit für Liebesglück.

Manfred. Aber Antonie!

Werburg. Sie wird Dir's leicht machen, und Du, sei nicht hart, bedenke — das schwache Geschlecht, und bedenke, sie ist eine Wittib. Aber freilich, eine Lection verdient sie für das, was sie über Dich denkt.

Manfred. Was sie über mich denkt?!

Werburg. Ja, sie hat die Kühnheit, sich über Dich zu stellen, Deine Gutherzigkeit für Unreife und Schwäche zu halten; sie denkt sich wunder wie groß.

Manfred. So?

Werburg. Ja, darum hat sie Dich abgelehnt, sie hat sich, freue Dich, mein Junge, freue Dich, sie hat sich für diesen Herrn v. Staff entschieden. Nun müßt Ihr beiden jungen Leute es ihr auch leicht machen, das zu bekennen. (Spricht leise mit Manfred weiter.)

(Antonie und Irene auf der andern Seite.)

Irene. Ja, Herr Manfred ist ein erhabener Mensch, so groß denkend und so zart empfindend.

Antonie. Er kann keinen Vergleich mit Bruno aushalten.

Irene. Mit Bruno?

Antonie. Ja, so heißt doch Herr v. Staff. Der

ist allerdings nur gescheidt, aber voll sonniger Heiter=
keit, hell wie der Tag und erheiternd und erleuchtend
wie der Tag.

Irene. Du siehst ja ganz strahlend aus, wie
Du das sagst.

Antonie. Warum sollte ich nicht?

Irene. Ich lerne Dich neu kennen.

Antonie. Und wie?

Irene. Du bist doch auch kokett.

Antonie. So? Und ich mache in Dir eine
neue Bekanntschaft, Du girrst so taubenunschuldig.

Irene. Ich sehe da mein Tagebuch. Hast Du
darin gelesen?

Antonie. Ja, äußerst naiv, aber Du bist Dir
Deiner Naivetät bewußt. Ja, so sind sie, die Naiven!
Das thut so kindlich und verschämt, und ist — ach,
ich will's nicht sagen.

Irene. Aber, liebe Antonie, Du bist ja ganz
verändert.

Antonie. Ja, das Alter ist veränderlich, die
Jugend nicht.

Irene. Du meinst es umgekehrt?

Antonie. Ja! Es kehrt sich Alles um.

23. Auftritt.

Vorige. v. Staff (von rechts, zweite Thüre).

Antonie. Bitte, Herr v. Staff, setzen Sie sich zu
uns. (Zu Manfred und Werburg.) Auch Sie, meine Herren!

v. Staff. Es ist zu bedauern, gnädige Frau,
daß Sie nicht mit im Park waren. Herr Manfred
Werburg hat uns so hochinteressante Schweizer Ein-
drücke mitgetheilt.

Antonie. Und welche?

v. Staff. Ich habe ein gutes Gedächtniß, ich
behalte Fremdes fast wörtlich. (Nachahmend.) Ja, Fräulein Hildenberg! Aus der gigantischen Schweizerwelt
wieder in die Niederung zurückgekehrt, erscheint Alles
so kleinlich, so erbrückt, (einschaltend:) — ich würde zer-
brückt sagen — so engbrüstig; und doch ist es wieder
wie ein ungehöriges Eindringen, daß da Menschen
wohnen wollen, wo der Mensch vor der großen Natur
so winzig erscheint. (Zu Manfred.) Bitte, Sie bemerken
gütigst, daß ich Fremdes gut auswendig lerne, Sie
wol auch?

Manfred. Wollten Sie gütigst damit sagen,
daß ich das nicht selbst aus mir empfunden hatte?

v. Staff. Ah, dann bitte ich um Entschuldigung.
Sie machen wol auch Verse?

Manfred. Wenn nöthig, auch spitze Epigramme.

v. Staff. Schön, Sie könnten Ihr Glück machen,
Sie haben entschiedenen Beruf zum Schriftsteller. Sie
depensiren sehr viel Zeitungsgeist und haben ausnehmend
viel Costümnüancen für ein und dieselbe Gedankenfigur,
aber ein Wort wie „engbrüstig" wird Ihnen ein Re-
dacteur, der ein Mann von Welt ist, unbarmherzig
streichen.

Manfred. Was wollen Sie?

v. Staff. Ihr Bestes. Sie könnten sich einen Namen machen.

Manfred. Und Anderen einen geben.

v. Staff. Und der wäre?

Manfred. Daß Sie sehr ... sehr bescheiden sind.

v. Staff. Ich bin beglückt, in Ihnen einen Gönner gefunden zu haben.

Manfred (aufstehend). Herr v. Staff, ich habe ganz vergessen, ich wollte Ihnen eine Adresse aufschreiben.

(v. Staff steht auf, Beide sprechen bei Seite.)

Irene (zu Antonie). Was nur die beiden Herren mit einander haben?

Antonie. Die Männer sind offener.

(Irene nimmt ihr Tagebuch und sucht darin.)

(Auf der anderen Seite Manfred, scheinbar auf eine Karte schreibend.)

Manfred (zu v. Staff). Herr v. Staff, dieses verstreckte Worttournier, dieses Pfeilwerfen unter den Augen der Frauen ist nicht, was ich wünsche, vielmehr ...

v. Staff. So haben Sie mich verstanden?

Manfred. Vollkommen. Mir ist es recht.

v. Staff. In aller Stille.

Manfred. So still als möglich.

v. Staff. Morgen?

Manfred. Besser heute. Brechen wir ab in Gegenwart der Damen.

v. Staff. Einer von uns ist nur nöthig hier.

Manfred (zum Oheim). Sie stehen mir zur Seite.

v. Staff. Und ich bitte, da ich hier unbekannt bin, mir zu einem Sekundanten zu verhelfen.

Werburg. Aber Ihr Männer, Ihr Brauseköpfe, es ist ja Alles unnöthig. Die Hirsche kämpfen nur in Eifersucht mit einander, aber Ihr Beide kommt Euch ja nicht in's Gehege. Ihr seid zwei verständige Männer; da sind zwei liebenswürdige Frauen; Ihr liebt sie und Ihr werdet wiedergeliebt; Ihr und sie, Ihr seid der Liebe würdig.

v. Staff. ⎱ Eben deswegen.
Manfred. ⎰ Und nun?

Werburg. Was ereifert ihr Euch? Die schöne Wittwe ist für Sie Herr v. Staff.

v. Staff. Nein, erlauben Sie!

Werburg. Also nicht? gut! (Zu Manfred.) Du kannst um ihr Schicksal unbesorgt sein, dann heirathe Ich sie; Du liebst ja Irene!

v. Staff. ⎱ Das ist es ja!
Manfred. ⎰ Eben deswegen.

(Alle drei gehen leise sprechend nach dem Hintergrund.)

Irene (zu Antonie). Hier lies, lies, und Dein Irrthum wird sich aufklären.

Antonie (liest laut). Wie kindisch war, was ich bisher erlebt hatte, der Traum von der Furka vor Allem. Ich bin erwacht, es ist Tag und der Tag heißt Bruno und alle meine Lebenstage heißen Bruno. (Irene umarmend.) O, Du Gute, verzeih, ich könnte die ganze Welt um Verzeihung bitten. (Aufstehend zu Wer=

13*

burg.) Herr Werburg, ich habe Ihnen ein Geheimniß anzuvertrauen.

24. Auftritt.

Vorige. Diener.

Diener. Herr Oberforstrath, das ist für Sie angekommen. (Ab.)

25. Auftritt.

Werburg. Antonie. Irene. v. Staff. Manfred.

Werburg. Ich habe ja das Geheimniß schon in der Hand, dies Document.

Antonie. Dann habe ich Ihnen nichts zu sagen.

Manfred. Aber lieber Oheim, wozu das jetzt?

Antonie (zu Manfred). Bitte, lassen Sie. (Zu Staff.) Herr v. Staff, hier ist ein Document für Sie mit den Farben des Morgenroths geschrieben. (Sie faßt das Tagebuch.)

Irene. Antonie, was machst Du?

v. Staff (hat einen Blick ins Buch geworfen). O du mein Sonnenaufgang! (Eilt zu Irene.)

Antonie (auf der andern Seite). Ja, lieber Man= fred, der heiße Sturm, den Sie prophezeiten, er ist ge= kommen. Ich beuge mich vor Ihnen ... Verzeihen Sie, daß ich meinen Hochmuth in eine täuschende Form gekleidet hatte, ich bitte Sie in Demuth ... Ich stehe nicht über Dir, ich beuge mich vor Dir.

Werburg. Halt! Das Du macht nicht jünger. Wissen Sie, was das ist?

Antonie. Ja, mein Taufschein, öffnen Sie.

Werburg (das Couvert öffnend). Was? — Sie sind nicht älter? Sie sind 2 Jahre jünger als Manfred? — Sie haben sich für älter ausgegeben, als Sie sind? — Das ist ein seltener Fall.

Manfred (Antonie umarmend). Ja, ich bekomme auch eine seltene Frau.

Werburg. Eine Frau muß ihr Alter verleugnen, und sollte sie sich älter machen müssen.

Der Vorhang fällt.

Pierer'sche Hofbuchdruckerei. Stephan Geibel & Co. in Altenburg.